Les chats noirs
de la Table Ronde

DU MÊME AUTEUR

Aux Éditions du Palémon

La magie des nuages
Vague scélérate
Vivre... et revivre
L'ombre de la brume
Au Vent Cristallin

Dans la collection *Le chat Catia mène l'enquête*

n°1 - Miaou, bordel!
n°2 - Ron-ron, ça tourne!
n°3 - Plumes… et emplumés!
n°4 - Carnage... en coloriage!
n°5 - Gourous... coucou!
n°6 - La disparue des Monts d'Arrée
n°7 - Les chats noirs de la Table Ronde

Retrouvez ces ouvrages sur www.palemon.fr.
Le site de l'auteur: **www.gerard-chevalier.com**

CE LIVRE EST UN ROMAN.
Toute ressemblance avec des personnes, des noms propres, des lieux privés, des noms de firmes, des situations existant ou ayant existé, ne saurait être que le fait du hasard.

Les chats noirs de la Table Ronde

ÉDITIONS DU PALÉMON
ZI de Kernevez - 11 B rue Röntgen - 29 000 QUIMPER

1
L'affaire des chats noirs

Que c'est beau un petit, qu'il soit bipède ou quadrupède. La joie les illumine dès le réveil. Leur amour pour ceux qui les entourent est spontané et sincère. Ma petite Rose a presque trois ans. Son babillage m'émerveille. Elle me raconte des choses un peu décousues, certes, mais c'est inhérent à votre espèce, malheureusement. Elle ne m'arrache plus un poil de fourrure et me caresse pour me communiquer son affection. Même si elle s'y prend comme une lavandière d'autrefois qui bat son linge, je sais qu'elle veut me dire « je t'aime ». Je reste stoïque, telle Santez Oanez avant sa décapitation. C'est mon destin d'être torturée et malmenée par cette créature que j'adore.

Elle envoie promener d'un revers de main tous les cubes qu'elle avait empilés patiemment et explose en un cri joyeux :

— C'est le bodel ! hurle-t-elle.

Mais oui, bien sûr. Elle a hérité du langage châtié de ses géniteurs.

— Oh ! Mède alo ! Ah, ah, ah !

C'est ça, c'est bien, continue ! Tu es bien partie pour faire un discours au Collège de France.

Elle en a déjà assez de ce jeu-là, se met debout et cavale dans l'appartement avec la démarche élégante des retraités à la sortie du bistrot.

— Maman ! Maman !

— Je suis là, mon amour !

Je la suis, prête à intervenir pour lui éviter une chute grave sur un objet contondant.

Mais si ! J'en suis capable ! Je l'ai déjà prouvé plus d'une fois !

Elle se jette contre sa mère en manquant de la déséquilibrer. Celle-ci est en combinaison de nuit ou de jour, debout près du lit sur lequel Erwan est encore vautré. D'accord, c'est le week-end, mais le jour est levé depuis longtemps. Je trouve ça... suspect ! Je saute près de mon homme et me frotte contre lui en ronronnant. Oui, je sais, c'est mon côté cire-bottes. Mais si je veux mes crevettes grises dans ma gamelle, il faut bien faire quelques basses flatteries. Il me prend dans ses bras.

— Viens, ma jolie fifille, viens dire bonjour à papa.

Je t'ai déjà dit bonjour, demeuré, quand tu buvais ton café.

Parfois, je me demande s'il a l'électricité à tous les étages !

— On lui annonce ? demande Catherine avec un sourire béat.

Oh que je n'aime pas ça !

— Bien sûr... Catia, ma chérie... Rose va avoir un petit frère!

Je me raidis malgré moi, aplatis mes oreilles et laisse fuser un grondement menaçant.

— Quoi! Tu n'es pas contente?

Oh que non, je suis pas contente! Revivre ce que j'ai enduré avec Rose, alors ça, jamais!

Je m'enfuis en courant et pars m'asseoir près de ma tablette où ils ne tardent pas à me rejoindre. Leur bonne humeur est quelque peu atténuée.

— Tu nous expliques ta réaction? dit Erwan.

Je tape ma réponse, dopée par l'adrénaline.

— *À l'évidence, vous ne vous rendez pas compte de mon sacrifice depuis la naissance de Rose. De jour comme de nuit, je n'ai pas eu un moment de tranquillité, veillant à sa sécurité ou inquiète du moindre de ses troubles, lui évitant constamment les pires calamités dues à ses bêtises; par exemple prête à me jeter sous elle pour amortir une chute éventuelle. Je ne tiens pas compte des innombrables messages que je vous ai envoyés pour venir en urgence la changer ou la calmer. Quant aux touffes de poils qu'elle m'a arrachées, il y a de quoi faire un oreiller. Je ne parlerai pas non plus des sévices que j'ai subis, dont le moins grave était de tirer sur ma queue tel un cordon de clochette. Alors revivre ça avec un autre gnard, JAMAIS! Vous assumerez vos responsabilités de parents bipèdes. Si j'avais eu des petits, je ne vous aurais pas demandé de les lécher!*

Je m'assois en leur laissant le temps de digérer mes doléances, mon panache fouettant l'air malgré moi, signe de mon énervement.

— Oh, mais non, ne t'inquiète pas, ma jo... ma chérie. On va s'organiser, dit Erwan.

— Mais oui, on n'est pas inconscient quand même ! dit Catherine. Après mon congé maternité, on prendra une nounou à temps plein.

Ouais… Faut voir… *Verba volant, scripta manent*[1].

— *D'accord, tapé-je, vous m'écrivez ça sur votre ordinateur et vous l'envoyez sur ma tablette. Ainsi, j'aurai une trace.*

— Bravo ! La confiance règne ! s'indigne Catherine.

— On t'a déjà dit des choses qu'on n'a pas respectées ?

Alors là, Ducon, la liste doit représenter l'œuvre de Victor Hugo !

Je leur tourne le dos et saute sur l'appui de fenêtre en faisant semblant de contempler les toits de ma belle ville de Quimper. Rose vient près de moi en courant.

— Tu veux pas faire joujou ?

NAN, je veux pas jouer !

— Laisse-la, elle est vilaine, dit le père.

Je me paye une extrasystole. Vous allez voir si je suis vilaine, bande de tarés !

La sonnerie tonitruante du téléphone qui ne se porte pas interrompt toute réflexion.

— Allô ?

— …

Erwan enclenche le haut-parleur.

— Salut, Yvon ! Ça va, ce matin ?

— Oui, très bien. Annick est en pleine forme et Gwendal aussi. Il ne pleure plus du tout.

1. *« Les paroles s'envolent, les écrits restent. » Citation du sénateur Caïus Titus. Rome antique.*

Ah, oui, j'ai oublié de vous dire : Annick, l'ex de mon homme, est en ménage avec le commissaire Yvon Legal, le père de Catherine. Je sais, c'est la famille tuyau de poêle.

Ils ont eu un horrible chiard, Gwendal, qui, j'en suis sûre, a hérité du pois chiche de sa mère, celui qui fait office de cerveau. Quand ils viennent à la maison, je vois dans son regard fixé sur moi la confusion : il ne fait pas la différence entre un félin et un poisson rouge ! Bon, quand il sera grand il pourra toujours faire carrière en politique… enfin dans certains partis !

— Je peux venir te voir maintenant ?

— Oui, dans… une demi-heure, le temps de se doucher.

— Ah ! On a encore traîné au lit !

Rires gras, plaisanteries fines, tout ce que j'aime !

— Blague à part, il faut qu'on discute. On m'a sollicité pour une affaire bizarre. Je t'expliquerai.

— Très bien, à tout à l'heure.

Catherine, qui comme moi a tout entendu, se précipite dans la salle de bains, suivie d'Erwan.

Malgré tout, le démon de la curiosité a fait « *clic* » dans mon esprit. Ou plutôt « *toc-toc* ». *Clic* est l'onomatopée réservée à cette chienlit d'informatique que j'exècre, exploitée par une bande d'excités ignares dans tous les domaines. Par exemple, il existe aujourd'hui des colliers pour chat qui leur flanquent une décharge électrique quand ils franchissent le périmètre délimité par « leur » maître, ou des gamelles automatiques qui parlent en l'absence du bipède, style : « Bonjour, ma jolie fifille ! Bon appétit ! »

À quand la radio associée diffusant le concerto en « rut majeur » ? Mais je m'égare…

Que va nous conter mon flic celte ? Il s'est passé pas mal de temps depuis l'affaire de la petite Chinoise[2]. Une nouvelle enquête me ferait le plus grand bien. J'ai horreur de la routine, que vous semblez aduler, vous, les bipèdes.

Mais oui ! Oh là là, surtout pas d'imprévu ! Pas un poil qui dépasse ! Vive LA norme, LA conformité ! Pour votre sécurité ! La tronche de vos grands-parents s'ils revenaient ! Je me marre !

Ah, cette fois c'est le carillon de la porte qui se déchaîne.

Déjà une demi-heure ! C'est vrai que votre temps n'est pas le même que le mien. Vous me gonflez sérieusement avec cette notion : « Le temps c'est de l'argent ». Pour moi, le temps c'est de la rêverie, de la poésie, la contemplation de la nature, la promenade avec Hector… Hector, tu me manques… Heu… VOUS me manquez ! On n'a pas…

— Salut, les enfants !

Yvon embrasse sa fille, puis ce qui lui sert de gendre – de policier aussi –, et enfin sa petite fille. Moi, je suis la cinquième roue du carrosse.

— Ma belle Catia ! Que je suis content de te voir !

Mais oui, c'est cela…

— Tu vas bien ? Je te trouve distante…

Ben ouais, pas de ronron, pas de frotti-frotta, pas d'obséquiosité… Y a des jours sans…

— Elle est odieuse aujourd'hui, assène Catherine.

---

2. *Voir* La disparue des Monts d'Arrée, *même auteur, même collection.*

Quoi ? Tu vas voir toi, ce que ce mot peut vraiment signifier ! *Diemouez* ![3]

— Ah ! Ma Catia… J'espère que ça va s'arranger. Je vais sûrement avoir besoin de toi.

Hum… Bon… Vends ta salade, on verra après.

Ce que je traduis sur ma tablette par :

— *De quoi s'agit-il ?*

Yvon s'assoit, Erwan aussi, tandis que mère et fille s'éclipsent dans la cuisine. Au moins c'est leur place, nom d'un tigre ! Moi, malgré mon air détaché, je me concentre, le regard sur la ligne bleue des Vosges.

— Voilà. Hier au soir, je reçois un appel téléphonique d'un vieux copain d'enfance, Alain Le Moël, capitaine de gendarmerie à la brigade de Plélan-le-Grand, près de Paimpont, en Ille et Vilaine. Depuis trois mois, des châteaux ou des manoirs sont cambriolés dans son secteur – et Dieu sait s'il y en a dans ce coin – d'une manière incroyable : on les retrouve carrément vidés ! Aucune trace, aucune empreinte. Seul un petit chat sculpté en bois de couleur noire est déposé bien en évidence sur le sol, au milieu d'une feuille de papier blanc ; la signature des voleurs est bien étrange. Mon copain aimerait qu'on vienne l'aider, d'une part pour examiner les lieux des cambriolages, et d'autre part pour prévenir tous les autres riches propriétaires des belles demeures alentour afin de les inciter à effectuer des installations de sécurité. Mais il y a un autre élément qui le tracasse : il a l'impression que ces gens, qui se connaissent tous d'ailleurs, entretiennent des rapports bizarres. Ils sont persuadés que l'un d'entre

3. *Inconsciente, en breton.*

eux organise les vols. Pourquoi ? Dans quel but ? En tout cas, Alain, mon ami, demande notre aide. Et ça, je ne peux pas lui refuser. Vous êtes partants ?

Cette question s'adresse à mon homme et moi-même, ce qui n'est pas sans provoquer une certaine gêne.

— Heu… Moi, oui, dit Erwan.

— Et toi, Catia ?

Je suis émoustillée comme une vache irlandaise qui danserait la gigue ! Mais pas question de céder sans contrepartie. Je tape donc un message à l'intention de Môssieur le commissaire.

— *Mon cher Yvon. Avant de te donner mon accord j'ai deux revendications à faire. La première : j'ai « osé » réclamer un document aux susnommés Erwan et Catherine, comme quoi ils ne m'imposeraient pas l'éducation de leur deuxième moutard, ayant suffisamment donné avec Rose. J'attends toujours, après avoir subi des humiliations de leur part. La deuxième : je ne peux envisager cette enquête sans la présence d'Hector. Je compte sur toi pour mener à bien les négociations.*

Sans dire un mot, Yvon prend ma tablette et la tend à Erwan pour qu'il la lise.

— Oh, oui, bon, ça va, pas de quoi faire un esclandre !

— Je crois que vous ne mesurez pas bien la chance d'avoir auprès de vous une auxiliaire aussi précieuse que Catia, déclare Legal.

La tête du pignouf ! Oh que je suis… réjouie ! Je vais vous apprendre moi, à me reléguer au rang de *catus vulgaris, vulgum pecus* !

Rageusement, Erwan va à son ordinateur et m'envoie le texte souhaité. Sauf que le nom de

Catherine ne figure nulle part. *Ipso-facto*, je le lui signifie. Ce qui fait monter la pression d'un cran, et lui fait refaire le texte avec le consentement de sa gonzesse. Qui me fait la gueule ! Son père s'en aperçoit. Et s'ensuit une engueulade mémorable ! Je vais rejoindre Rose dans sa chambre en attendant qu'ils agonissent… Qu'ils s'agonissent d'injures jusqu'à épuisement.

— Y sont pas contents, hein ? me dit Rose en éclatant de rire. On joue à cache-cache ?

2
Hector Des Marres

Nous avons rendez-vous avec le capitaine Alain Le Moël en ce beau matin de mai. Nous roulons dans la 508 Peugeot d'Yvon. Nous les « bestioles » sur la banquette arrière, les bipèdes à l'avant. Les vioques d'Hector, les de Pennec, ne voulaient pas le lâcher, soi-disant parce que sa santé est fragile, qu'il ne faut pas le fatiguer, gna gna gna. En réalité, mon beau chevalier servant s'ennuyait ferme ! La perspective d'une enquête en ma compagnie l'a immédiatement dynamisé.

Nous devisons gaiement, nous remémorant tout ce que nous avons vécu ensemble, ces situations cocasses ou dramatiques. Quel bonheur de batifoler ainsi, comme dirait la marquise de Sévigné qui n'en ratait pas une ! Nous nous aimons beaucoup, bien que nos opinions divergent parfois. Mais nous sommes fiers l'un de l'autre. Nous avons conscience d'être au-dessus du vulgaire, de par nos capacités cognitives exceptionnelles, ce que nos bipèdes ont admis. Sans nous, ils pataugeraient lors de leurs investigations. Non pas qu'ils soient stupides, loin de là : le commissaire Yvon Legal, la cinquantaine épanouie, est gêné, à mon avis, par son tempérament sanguin. Son physique, un peu enveloppé mais à la carrure puissante, évoque plus le taureau que la gazelle. Ses cheveux bruns coiffés en arrière, ses yeux marron incisifs et ses joues légèrement marbrées de veinules rouges lui donnent une apparence de bon vivant, ce qu'il est. Mais attention… Ne mettez pas la bête en colère ! Ce qui est facile.

Erwan est très différent : grand, svelte mais musclé, et de quinze ans son cadet. Ses yeux bleu clair et son épaisse tignasse blonde en font l'archétype du Viking. Qu'est-ce que je raconte : l'archétype du Celte flanquant une tannée aux légions romaines. Quoi ?… Alésia ?… Une erreur.

Nous sursautons quand Yvon, selon son habitude, arrête la voiture brusquement devant la gendarmerie de Plélan-le-Grand, qui s'apparente davantage à une grande maison bourgeoise qu'à un bâtiment administratif. Erwan prend Hector en laisse et Yvon me porte dans mon panier. Je me régale à l'avance du sempiternel baratin pour justifier notre présence ! Déjà, le pandore à l'accueil les prend pour des guignols. Il se calme un peu au vu des cartes barrées bleu-blanc-rouge, et change d'attitude quand le capitaine Le Moël accueille mes bipèdes chaleureusement.

— Sympa de nous filer un coup de main ! Oh, le beau chien ! Et dans le panier ?

Il se penche et nous nous trouvons nez à nez.

— Mais c'est une vraie merveille, ce chat !

Heu… oui, c'est vrai ! Il est bien ce clampin !

— On n'a pas eu le temps de les faire garder. Ça ne te dérange pas ?

— Pas du tout. Tu peux faire sortir le chat s'il ne se sauve pas.

Ben, pour qui me prend-il ? Un attardé de gouttière de chez les ploucs sauvages d'Auvergne ?

— Bien sûr, dit Yvon en riant, pas de souci. Allez viens, ma belle…

Il enlève la grille et je me déploie majestueusement sur le bureau du gendarme, avant de m'asseoir en le défiant du regard. Il en siffle d'admiration.

— *Vous avez un véritable adorateur, ma mie, grasseye Hector, en tendant sa grosse patte à l'officier qui s'en saisit, amusé.*

— Salut, mon tout beau ! Dites donc, ce sont des animaux d'exception !

— Oh, oui ! clame la flicaille à l'unisson.

S'ensuivent les civilités d'usage entre gens relativement bien élevés… Enfin, tout juste.

— *Je m'esbaudis de cette convivialité, me déclare Hector sur un ton sibyllin.*

— *Pardonnez-leur, très cher, ce ne sont que des sapiens.*

— Alors voilà, enchaîne Le Moël, je vais vous résumer la situation. Asseyez-vous. Un petit café ?

— Volontiers, répondent les bipèdes, toujours synchrones.

Les cafés servis, on entre enfin dans le mort du sujet… Hein ? Ben oui, j'en ai assez de vos lieux communs…

— Depuis deux mois, nous avons eu trois cambriolages dans des manoirs et châteaux qui appartiennent à des gens riches et influents. Les voleurs connaissent les lieux et les vident complètement de tous les beaux meubles et objets d'art qu'ils recèlent. Lors de leurs dépositions, les propriétaires nous ont fait part à demi-mot d'une possible vengeance comme mobile à ces exactions. Première chose étrange puisque cette suspicion émane des trois victimes. Deuxième chose étrange, ceci…

Le Moël tend à Yvon un sac en plastique transparent contenant un petit chat noir sculpté dans du bois, dont la taille est d'environ dix centimètres. La facture en est très soignée.

— On en a trouvé un dans les trois demeures cambriolées. Ils étaient posés par terre, sur une feuille de papier. Aucune trace exploitable sur le chat ou le papier. C'est bien sûr une signature, mais sa signification reste un mystère. J'ai répertorié une bonne douzaine de châteaux et manoirs dans les environs et je pensais, avec votre accord, aller les visiter pour mettre en garde les propriétaires, leur indiquer comment se protéger, leur recommander deux entreprises de sécurité que nous connaissons bien, et surtout, avec votre concours, essayer de démêler le lien qui relie ces gens et anticiper la menace qui les concerne peut-être…

— Tu crois qu'ils sont tous menacés ? demande Yvon.

— J'aimerais en être certain. C'est la raison pour laquelle j'ai sollicité votre appui. En les interrogeant à plusieurs, on pourra mieux faire la synthèse de leurs réponses. Et puis…

L'hésitation du capitaine nous fait un peu plus soulever l'oreille… Oui ce sera systématique, faudra vous y faire !

— Et puis ? reprend le chœur des keufs.

Il explique :

— Monsieur Arthur Legrand, le président de notre conseil général, a été menacé de mort. Son château du XIVe siècle, qui est sa résidence secondaire, est encore intact. Mais on a récupéré ceci sur son bureau, accompagné de la feuille que voilà.

Il tend un nouveau chat noir dont il manque la tête, et le papier sur lequel des lettres découpées ont été collées pour former un message précisant :

« TU AURAS LA TÊTE TRANCHÉE »

— Là encore, aucune empreinte, aucun ADN détecté, et pas d'effraction. Mais une énigme de taille.

— Laquelle ?

— Notre laboratoire est formel : les lettres découpées proviennent d'un grimoire datant du VIe siècle. Ce sont des originales calligraphiées.

— Hein ? Ce n'est pas possible ! dit Erwan.

— Nom de Dieu ! dit Yvon.

— *Cornegidouille !* grommelle Hector.

— Alain, tu permets que je fasse renifler la feuille à notre chien ? Si l'une des personnes que nous allons rencontrer a le moindre rapport avec ce texte, Hector le sentira.

— Ah ? C'est extraordinaire. Et comment il te le fera savoir ?

— Euh… en… en aboyant !

Si morphologiquement je le pouvais, je m'écroulerais de rire…

— Et si je hurlais à la mort, debout sur mes postérieures ? Votre bipède est pour le moins singulier, ma belle amie, persifle Hector.

— Il a été pris de court par la question, et le manque d'agilité de son esprit lui a fait dire une énormité. Soyez indulgent, mon beau chevalier.

Erwan passe la feuille sous le museau d'Hector qui se raidit instantanément en extirpant de sa poitrine un grondement caverneux.

— Ah ! On dirait qu'il a détecté quelque chose.

— Certainement. Tu sais, Alain, grâce à son flair, il nous a déjà bien secondés dans quelques affaires.

— Je n'en doute pas, les chiens de race saint-hubert sont réputés pour cela. Je vous propose qu'on aille déjeuner à L'Excalibur, un bon restaurant appartenant à des copains. Ensuite, j'ai retenu deux chambres à « La Maison des Légendes ». C'est un très bel hôtel situé en bordure du magnifique étang de Paimpont. On y déposera vos affaires et on se rendra chez Hector Des Marres, notre premier cambriolé.

Yvon m'invite à rentrer dans mon panier, et nous quittons la gendarmerie, alléchés par la perspective de manger de bons produits du terroir. À peine sommes-nous dans la voiture que je questionne mon ami.

— Qu'avez-vous senti, mon très cher, sur la feuille aux lettres collées ?

— Quelque chose qui échappe à mon entendement !

— Mais encore ?

— C'est terrible, avec une ampleur considérable. Je veux dire que cette menace implique un ensemble de personnes, avec des ramifications dans le temps inconcevables.

— *Vous m'intriguez, savez-vous* (Ça fait toujours belge). *Serions-nous au début d'une enquête hors norme ?*

— *Je le crois, ma belle égérie.*

Nous sommes accueillis à « L'Excalibur » comme les personnalités importantes que nous sommes.

C'est un établissement tel que je les conçois : construction en pierre, décor sans prétention mais sympathique, bonne cuisine bretonne servie par des gens souriants. Hector et moi sommes installés sur des chaises, adulés comme il se doit par tous les manants alentour, y compris le gendarme, surpris de notre savoir-vivre. Je dois admettre qu'il est très agréable et que son empathie à notre égard n'est pas feinte. Voilà qui laisse augurer amènement de la suite de notre investigation en sa compagnie.

Nous somnolons après le bon repas sur la banquette arrière de la 508 pendant que les bipèdes déposent leurs bagages à l'hôtel. Nous continuons notre sieste durant le trajet en direction du manoir d'Hector Des Marres. Mon noble compagnon avait besoin d'un petit somme digestif, et moi, ma foi, je me laisse volontiers aller. Quoi ? On abuse ? Oui, et alors ? Allez voir au Sénat si j'y suis ! Ces Messieurs ne crachent pas sur la sieste, que je sache !

Rapidement, nous quittons le charmant paysage de la campagne pour entrer dans une zone forestière. Tout à coup, je réalise que nous sommes à l'orée de Brocéliande, la mythique forêt connue jusque chez les Papous du nord. Mon engourdissement s'évacue aussitôt. Je me remémore tout ce que j'ai lu sur Internet s'y rattachant. Fascinant ! J'aurais déjà dû percuter en entendant le nom de l'auberge : Excalibur, la fameuse épée du roi Arthur ! Mais j'étais trop focalisée sur le mystère des chats noirs en bois. Au détour d'un virage, une allée en terre gravillonnée dévoile au loin sur notre droite un magnifique manoir. Nous franchissons une imposante grille ouvragée et nous rapprochons lentement de cette beauté architecturale. D'après ce que je connais, elle ressemble au petit Trianon dans le parc du château de Versailles. Impressionnés, nous descendons du véhicule, Erwan m'ayant laissée libre. Tout ici respire la sérénité. La pelouse bordée de buis à la française, les arbres centenaires le long de l'allée d'accès, et la fontaine circulaire devant le perron nous transportent dans une autre époque. Même la servante qui vient à notre rencontre ne dépare pas dans le décor, habillée tout en noir avec un petit tablier blanc.

— Monsieur s'excuse, il m'a chargée de vous prévenir de son retard. Voulez-vous entrer pour l'attendre ?

— Si vous le permettez, on va visiter le parc. Il est tellement beau !

— Faites à votre guise, Messieurs.

Hector et moi préférons nous engager dans un layon latéral pendant que les keufs font le tour du propriétaire, statut qu'ils n'atteindront jamais. Le rythme de mon canidé ne s'est pas accéléré, ce qui me laisse le loisir de tout sentir dans cet endroit superbe.

— *Ma mie, sentez-vous ce que je sens ?*

Oh, le vieux, je viens de le penser !

Oui, c'est vrai, il ne peut pas le deviner. C'est d'ailleurs étrange, un fumet inconnu parvient jusqu'à mon sens olfactif. Nous poussons un cri, Hector et moi ! – À notre façon, bien sûr, faut tout vous dire ! – Sur le bord du talus, nous dominant de sa taille gigantesque, un cerf tout blanc nous observe, statue hiératique coiffée de bois aux dix cors, blancs eux aussi. Hector incline la tête respectueusement.

— *Messire, nous vous présentons, ma Dame et moi, nos civilités. Nous nous sommes permis une légère incursion sur vos terres.*

Non, mais quel lèche-cul ! Je t'en foutrais moi, du « Messire » ! Bon, je suis très impressionnée, je l'avoue, par cette apparition quelque peu surréaliste.

— *En la forêt d'ennuyeuse Tristesse,*
Un jour m'advint qu'à part moi cheminais,
Si rencontrai l'amoureuse déesse
Qui m'appela, demandant où j'allais,
Je répondis que par fortune étais
Mis en exil en ce bois, longtemps a
Et qu'à bon droit appeler me pouvait
L'homme égaré qui ne sait où il va.

La voix profonde du magnifique cervidé me trouble, indépendamment de son charabia qui me rappelle vaguement quelque chose. Hector hoche la tête, en signe d'approbation.

— *En souriant par sa très grande humblesse*
Me répondit : Ami, si je savais
Pourquoi tu es mis en cette détresse
À mon pouvoir volontiers t'aiderais.

Hein ? Alors là, je suis sur le cul ! Enfin… virtuellement. Ça cause vieux françois entre nobliaux de mes deux ! Et moi, alors ? Je suis de trop peut-être ? Dois-je aller me faire voir chez L.F.I. ?

— *Vous êtes en ces lieux tels des meilleures gens honnêtes.*

Et vous prie d'en jouir bien jusqu'au plaisir vous êtes.
Qu'en est-il de cette beauté? Votre conquête?
En accompagnement est-elle vaillamment prête?

Ah! « On » s'aperçoit que j'existe!

— *Oui, Messire.*
De mon cœur elle détient le secret.
Et nous cheminons de concert sans nul regret.

Je dois dire que je suis émue. Hector avoue son amour pour moi à un inconnu tout de même prestigieux. Et en alexandrins, s'il vous plaît! Sans aucun effort! Il m'épate le saint-hubert!

— *Puis-je vous demander votre titre, Messire?*

— *Si cela vous agrée, vous me nommerez Nilrem.*

Et le grand cerf disparaît en un bond prodigieux. Nous nous regardons mon chevalier servant et moi. Hector n'est plus le même. Il s'est redressé et me paraît subjugué.

— *Quelle belle rencontre, Dame de ma vie! Nous sommes en un espace qui n'est point commun!*

— *Oui, mon cœur. Le discours de ce… Nilrem me perturbait la mémoire. Vous en est-il une souvenance?*

— *Bien sûr, il citait* La balade *de Charles d'Orléans*[4], *qui m'est familière. Ce qui m'a permis de lui répondre en enchaînant la suite. Ah, que c'est bon d'être entre lettrés!*

— *Oui, bien sûr, mais ce n'est pas une raison pour se prendre le melon…*

— *Que dites-vous, Madame?*

— *Vous avez très bien compris. C'est agréable d'être cultivé, mais c'est minable de se réfugier à cause de cela dans une classe supérieure!*

---

4. *Charles d'Orléans: 1394 - 1465.*

— Et de quelle « classe » parlez-vous, je vous prie ?

— De celle qui a opprimé le peuple jusqu'à la Révolution. De ces gens qui se croyaient supérieurs au point d'envoyer des soldats en Orient pour imposer leur religion à des péquins qui priaient autrement !

— Dois-je comprendre que vous parlez des Croisés ?

— Des brutes qui ne connaissaient que le langage des armes ! Des soudards avinés qui sautaient sur tout ce qui bouge, et qui recommençaient sans scrupule après s'être confessés ! C'est commode, hein ?

— Brisons là, il suffit ! Vous insultez la mémoire de mes ancêtres. Ils ont défendu les lieux saints du Christianisme, notre civilisation, ainsi que notre spiritualité. Vous préférez sans doute ces gentils révolutionnaires qui coupaient les têtes de n'importe qui sur dénonciation, et qui violaient les femelles dans les geôles ?

— Vous êtes indécrottable ! Restez avec vos nobles au sang bleu !

— Et vous, allez traîner avec la bande à Robespierre !

Les poils en porc-épic, les oreilles aplaties, mon panache fouettant l'air, je le plante céans ! Ce qui n'est pas difficile vu sa vitesse de croisière. Ah, le vieux schnock ! Borné, buté, obtus… Je gronde sans m'en rendre compte jusqu'au moment de retrouver Yvon et Erwan. Je ne les regarde pas, ce qui les surprend.

— Qu'est-ce qui se passe, Catia ? On dirait que tu es en colère.

Comme je n'ai pas ma tablette, je ne peux rien dire. Et puis, de toute façon, qu'ils aillent se faire voir chez les Grecs ! Lâchez-moi les paturons !

Alors qu'Erwan sort ma tablette de sa poche, je pars droit devant.

— Catia ! Viens !

Nan, je ne viendrai pas, *ginaouek*[5] !

Il a complètement oublié que le capitaine Le Moël doit ignorer mes dons technologiques et mes capacités extraordinaires. D'ailleurs, celui-ci manifeste son étonnement une nouvelle fois.

— Vous parlez toujours comme ça à votre chat ?

— Oui, je l'ai eue tout bébé et elle me comprend. Excusez-moi, je suis un peu gâteux.

— Ce n'est pas grave ! Et avec le chien… Tiens ! Où est-il ?

— Zut. Où est passé Hector… Hector !

Yvon s'affole aussi.

— Hec… Ah, le voilà ! Il ne marche pas vite notre vieux toutou, dit-il, un peu crispé.

— Tu vas le garder encore longtemps ?

— Une petite semaine, mes amis ses maîtres sont en voyage. Comme je te l'ai dit tout à l'heure, les deux bestioles s'entendent très bien.

Même à plus de cinquante mètres de distance, je perçois l'embarras de mon flic celte, ainsi que la suspicion du pandore quant aux facultés mentales de son copain. Je me marre…

À ce moment, le vrombissement d'un puissant moteur envahit l'air et, au bout de l'allée principale, une Porsche Cayenne S apparaît. Ce doit être le maître des lieux, Hector Des Marres. Du coup, j'oublie mon ire et fais demi-tour.

Le bipède qui descend de son carrosse pourrait figurer dans le film de Ridley Scott, *Kingdom of Heaven*[6] (Non je ne parle pas anglais, seulement breton. Mais ma tablette me traduit tout quand

5. *Crétin, en breton. Insulte préférée de Catia.*

6. *Le royaume du Paradis, en français.*

je le lui demande). Grand, bronzé, costaud, les cheveux argentés, c'est un beau bipède à la soixantaine épanouie. Vêtu comme un mannequin de haute couture, son costume représente un mois de salaire de mon homme. Il a l'aisance des fortunés. La poignée de main échangée avec les trois keufs est virile. Mais il ne peut s'empêcher de marquer son étonnement à la vue de notre présence, nous les quadrupèdes.

— Je vous présente votre homonyme en canidé : Hector de Pennec, et notre chatte, son amie, Catia Quéméner. Il n'y avait personne pour les garder aujourd'hui, et comme ils sont bien dressés, nous les avons pris avec nous. Cela ne vous dérange pas ? demande Yvon.

— Pas du tout. J'ai moi-même un sloughi auquel je suis très attaché. Heureusement qu'il n'est pas avec moi car il déteste les chats !

Ben voilà ! Ça va bien avec la Porsche le lévrier des sables ! Et en plus, il bouffe les greffiers !

« Ah, ça ira, ça ira ça ira, les aristochiens à la lanterne… »

— Bonjour, cher homonyme ! Que tu es beau et noble !

Le lèche-cul tend la patte avec majesté. Je suis la seule à entendre son salut obséquieux.

— *Veuillez recevoir mes sentiments respectueux, monsieur le comte.*

Hein ? Comment a-t-il pu deviner son titre ?

— Entrez, Messieurs. Navré d'être en retard, je déteste ça. Mais en ce moment de pré-campagne électorale, notre emploi du temps est régulièrement chamboulé.

Ah oui, c'est vrai ! Le Moël nous a prévenus que le mannequin… heu… Hector Des Marres, est secrétaire au ministère des Armées. Son illustre famille a été de tout temps impliquée dans ce corps. Nous prenons soin, Hector le chien et moi, de garder nos distances lors de notre installation dans le grand salon, meublé en style Louis XVI, les sièges comme les fauteuils en bois dorés garnis de tapisseries d'Aubusson. Le « Ikea » du riche, en quelque sorte.

— Puis-je vous offrir un rafraîchissement, un café, de l'eau ?

— Café, s'il vous plaît.

Ils ont encore parlé d'une seule voix. Ça devient comique ! Comme dans un opéra… s'ils étaient cinquante ! Ici, point de sonnette : un bouton électrique planqué sous la table et hop, la servante surgit aussitôt, reçoit la commande et opère un demi-tour, le regard des mâles accroché sur ses jambes. Selon le critère des bipèdes, elles doivent être « canon », comme le reste d'ailleurs, mais je suis mauvais juge en la matière. Et puis je m'en fous, étant une platonicienne baptisée par le vétérinaire.

Le capitaine Le Moël entame les préliminaires.

— Je me suis autorisé à me faire accompagner par le commissaire Legal, mon ami de longue date, et le capitaine Quéméner, son collaborateur. Si vous le voulez bien, monsieur Des Marres, il serait bon de leur résumer ce que vous m'avez déjà déclaré au sujet de vos doutes quant aux mobiles de votre cambriolage.

Tiens ! Il s'exprime correctement le gendarme ! Peut-être est-il amateur de littérature au lieu de perdre son temps avec des jeux vidéo ou que sais-je. « L'agent du roi, chargé de missions civiles et militaires », selon la définition du Petit Larousse, prend un air inspiré comme s'il allait nous conter la bataille de Roncevaux ou la mort du préfet des Marches de Bretagne, le fameux Roland, neveu de Charlemagne. Oui, j'aime bien être précise. Et alors ?

— Quand Gauvain Legrand a retrouvé son château vidé de ses meubles et objets de valeur, nous nous sommes indignés, bien sûr, mais cela fait partie des avatars de la vie, et nous n'avions pas imaginé autre chose. Mais quand…

— Pardonnez-moi de vous interrompre mais monsieur Gauvain Legrand est…

— …de la même famille qu'Arthur. C'est son neveu, armurier bien connu à Paris et ailleurs. Donc, quand notre ami Pépé Le Gallois s'est fait déposséder à son tour de tout l'ameublement de son manoir, avec, comme chez Gauvain, le petit chat en bois en guise de signature, nous avons trouvé cela plus que curieux. Alors…

— Désolé, encore une fois, mais Pépé c'est un surnom ?

— Oui, abréviation de Perceval…

— Ah, comme…

— … comme son ancêtre…

— Perceval Le Gallois ?

— C'est cela.

— Et que fait-il ?

— Il est exploitant vinicole. Il possède quatre-vingts hectares en Touraine.

— Très bien, je note… Continuez, s'il vous plaît.

Yvon griffonne sur son calepin.

— Alors quand j'ai réalisé que j'étais la troisième victime, le petit chat noir confirmant les mêmes auteurs du méfait, nous avons commencé à nous poser des questions.

— Vous vous connaissez tous…

— Depuis toujours. Et nous sommes membres du parti d'Arthur Legrand : Le Cercle Interceltique Arthurien.

— Ah oui ! Je me souviens ! s'exclame Erwan. Vous avez eu des ennuis avec la C.I.A. américaine qui voulait vous interdire d'utiliser son logo !

— Oui, en effet, ils ont tous les culots ces gens-là. Ma lointaine voisine, Morgane Magus, a eu le même problème quand elle a structuré son propre parti pour s'opposer au nôtre.

— En revanche, ça, je ne m'en souviens pas. C'était quel sigle ?

— F.B.I. : Forêt Brocéliande Immortelle. Il s'agissait clairement de nous singer ! C'est bien que nous en parlions car c'est justement sur cette personne que nos soupçons se sont portés.

— Ce serait énorme ! Cambrioler par opposition politique ? intervient Erwan.

Cette question touche certainement un point sensible car le Cary Grant du pauvre soupire, embarrassé.

— Je ne vais pas tergiverser puisque, de toute façon, vous auriez découvert tôt ou tard ce que je vais vous révéler. Gagnons du temps. Madame Morgane Magus, très jeune, a séduit mon père déjà marié. Elle était d'une très grande beauté. Astucieusement, elle s'est imposée dans sa vie, qu'elle a rendue infernale, et il a fini par divorcer d'avec ma mère. Étant donné le caractère… impétueux de Morgane, il hésitait à se lier de nouveau. Les années passaient et elle devenait carrément insupportable. Un jour, excédé, il lui a déclaré qu'elle ne serait jamais son épouse. Moi, je vivais avec ma mère et lors des visites chez mon père, Morgane me dorlotait, si bien que je l'idolâtrais. Il s'en est rendu compte et m'a averti en cachette de me méfier d'elle, que c'était une femme dangereuse, aux pouvoirs multiples. Évidemment je ne l'ai pas cru. Elle était tellement belle et charmante… Lors d'une de mes visites au manoir, celui où vous vous trouvez aujourd'hui, j'ai découvert mon géniteur blessé au visage, anéanti par le fait qu'il avait expulsé sa maîtresse de chez lui. J'avais seize ans à ce moment-là. J'étais stupéfait du récit qu'il m'avait confié. Très troublé, je suis reparti deux jours plus tard sur ma mobylette, les résidences de mes parents étant distantes d'une vingtaine de kilomètres. Morgane me guettait sur la route. Elle m'a persuadé de la suivre jusqu'à sa petite maison qui appartenait à sa famille. Là, j'ai eu droit à un tout autre discours que celui de mon père, bien sûr, et…

Il hésite, transporté dans son adolescence jalonnée de souvenirs spécifiques.

— … Et elle m'a déniaisé ! C'était… plus que délicieux pour l'innocent que j'étais. Notre liaison a duré… beaucoup trop longtemps. J'étais complètement sous son emprise, elle m'a manipulé facilement, me dressant contre mes parents, jusqu'à me les faire détester pour le soi-disant mal qu'ils m'avaient fait… Les femmes sont beaucoup plus intuitives que les hommes. Ma mère a compris tout de suite que mon attitude hostile n'était pas normale. Elle m'a extorqué la vérité, prévenu mon père de la situation, et ils ont conjointement déposé plainte pour détournement de mineur. Il y a eu enquête, le juge pour enfant m'a auditionné, et il s'est avéré que Morgane avait déjà plusieurs dossiers à son encontre. Je vous fais grâce des détails… enfin de ceux qui n'ont pas d'importance. Je me suis sorti de cette histoire dans un état très douloureux. Mes parents se sont réconciliés, ce qui m'a sauvé. Nous avons repris une vie familiale dont le bonheur n'était plus absent. Mais la furie, écopant d'un an de prison avec sursis, nous a alors poursuivis de sa haine, tournée non seulement vers ma famille mais aussi vers tous nos amis.

— Encore aujourd'hui ?

— Oui, monsieur le commissaire. Dès qu'elle peut nous porter atteinte, de quelque manière que ce soit, elle n'hésite pas. Avec les années, elle a perfectionné ses méthodes. Elle est devenue très fortunée, escroquant intelligemment les hommes qu'elle a conquis. Je vous conseille d'aller voir mon ami Le Gallois, il n'est pas très loin. Il vous donnera d'autres informations intéressantes à ce sujet.

Il se tait et nous comprenons qu'il a fourni des efforts considérables pour nous exposer ce qui doit être encore lancinant au fond de sa mémoire.

— Bien, dit Le Moël, vous souhaitez poser des questions supplémentaires à monsieur Des Marres, ou bien…

— Non, c'est suffisant pour l'instant. Merci, Monsieur, pour votre coopération. Le cas échéant…

— Je dois vous prévenir d'un aspect plus insolite…

Des Marres, égaré dans ses souvenirs, n'a pas écouté ce que disaient les keufs.

— Oui ?

— Quand vous verrez Morgane Magus, vous penserez vous être trompés de personne…

— Ah ? Et pourquoi ?

— Elle doit avoir soixante-dix ans, environ. Pourtant elle est toujours magnifique. Je l'ai aperçue par hasard il n'y a pas longtemps. Il m'a fallu admettre qu'il s'agissait bien d'elle. Quand vous l'auditionnerez, soyez sur vos gardes.

— C'est-à-dire ?

— Cette femme est dotée de pouvoirs paranormaux !

— Vous croyez à ce genre de facultés ?

— Je n'y crois pas, j'en suis persuadé !

L'hôtel La Maison des Légendes est tout simplement idyllique ! Pour moi, en tout cas. Pour le canidé je ne sais pas, puisque nous ne nous adressons plus la parole. Pour la flicaille, je m'en secoue les paturons. Leur appréciation de la notion de confort ne me regarde pas. Le nommé Hector s'engouffre d'autorité dans la chambre d'Yvon, et moi je suis mon homme, comme d'hab'. Nous faisons chambre à part ! Ha, elle est bonne, non ?

Le temps pour Erwan de passer un jean et une chemisette, et hop, nous voilà en balade sur le bord de l'étang de Paimpont : un rêve de charme bucolique ! Évidemment, on a « ramassé » môssieur le commissaire et son valet de service. Qui tire la langue au bout de trois pas. Je te collerais ça à l'EHPAD moi…

Comme à L'Excalibur, le personnel de l'hôtel s'est extasié sur ma magnificence. Sur l'autre « médor » aussi ? Oui, bon, ça va comme ça !

Alors que je cherche dans ma mémoire un poème adapté à la splendeur des lieux, une voix m'interpelle.

— *Je ne peux plus supporter nos fâcheries, belle Catia. Ne pouvons-nous en discuter calmement ?*

Pffft… facile de… Bon, faut voir.

— *Que proposez-vous ?*

Il met une plombe pour franchir les dix mètres qui nous séparent. Ses yeux plongent dans les miens et… je fonds, la honte au front. (Comment ça, ça ne se voit pas…)

— *Ce que je propose, dit-il, c'est que lorsque les propos énoncés par ma personne vous irritent, vous me le fassiez savoir avec courtoisie, et je vous présenterai mes excuses. Je vous formulerai autrement mon opinion pour ne point vous désobliger. Est-ce possible ?*

— *Bien sûr, mon cher et tendre ami… J'ai bien conscience de mon caractère impulsif, que je n'arrive pas à maîtriser… totalement. Ceci est probablement dû à mes origines roturières, héritées d'un père obsédé sexuel, le voyou du village qui imposait par la force sa suprématie de reître, violent et irresponsable. Donc ces origines ont tristement imprégné ma personnalité… Que puis-je faire pour obtenir votre pardon ?*

— *De quoi parlez-vous, Dame de mon cœur ? J'ai déjà oublié… La vie est si belle auprès de vous !*

Je me frotte éperdument contre ce fabuleux chevalier d'un autre temps, dont la noblesse d'âme ne peut être égalée. Nous déambulons joyeusement, bien que très lentement, notre belle humeur reconquise, échangeant moult propos jusqu'à l'heure du dîner, nous pénétrant de l'éther de cet endroit merveilleux.

— Tiens ! Les bestioles n'ont plus l'air de se faire la gueule !

Tel est le commentaire ô combien élégant de mon flic celte.

Rideau

3
Perceval Le Gallois (dit Pépé)

Le château de Le Gallois est dissimulé aux regards des badauds au milieu des bois sur la D31 en direction de Saint-Malon-sur-Mel. Son aspect n'est rien moins qu'impressionnant. Entouré de douves, comme le sublime château de Trécesson auquel il ressemble mais en plus petit, nous sommes frappés, bipèdes et quadrupèdes confondus, par l'atmosphère qu'il dégage. Nous nous sentons davantage dans un conte de fées que dans une réalité même poétique. Hector me chuchote à l'oreille :

— *Notez bien, ma mie, que nous nous trouvons au pays des légendes, dans la forêt magique de Brocéliande. Rien ici ne peut sembler normal.*

— Nom de Dieu que c'est chouette, dit monsieur le commissaire en descendant de sa citrouille… euh… de sa bagnole taguée Peugeot.

— Oui, je suis ravi d'avoir été affecté dans cette région, dit le capitaine Le Moël. Après la banlieue parisienne, cela fait du bien ! Et puis toute ma famille est en Bretagne. Moi, je suis né à Saint Brieuc.

— C'est la première fois que je viens ici, dit Erwan, pourtant je ne suis pas très loin.

— C'est toujours comme ça. Combien de Parisiens sont montés dans la tour Eiffel ? On serait surpris de la réponse…

Le mot de la fin, plein de bon sens unique, étant prononcé, nous allons sonner à l'huis de la belle demeure. Cette fois, ce n'est pas une accorte servante qui vient nous ouvrir la grande porte aux motifs sculptés mais un majordome très *British*.

— Bonjour, Messieurs. Veuillez me suivre, je vous prie… Vous… entrez avec vos animaux ?

— Oui, c'est un impératif. Hors de question de les laisser dehors.

— Bien, Monsieur.

Le ton de mon flic celte ne laisse pas place au moindre doute. Et alors, larbin de mes deux ! Les animaux piétinent ton mépris avec leurs papattes ! Il marche devant nous comme s'il avait avalé un manche à balai, plus imbu de sa personne que le propriétaire de la bâtisse. Enfin… je suppose. D'ailleurs, voilà le proprio.

— Ces messieurs de la police et leurs animaux !

Je rêve !

Il nous annonce comme lors d'une réception à Buckingham Palace ! Le Gallois se lève de son fauteuil et nous accueille cordialement. J'ai craint le pis.

— Désolé de vous recevoir dans un salon aussi vide. Mes commandes de meubles après le cambriolage ne sont pas encore livrées. Heureusement, mes amis m'ont prêté ces quelques sièges. Vous… enquêtez avec vos bêtes ?

Ah là là, toujours la même chanson ! Ben oui, Ducon ! En fait, c'est nous, les bêtes, qui enquêtons, parce que nos keufs ont besoin de prendre l'air ! Le marchand de pinard, une fois satisfait sur la raison de notre présence, fait asseoir la flicaille. Le manche à balai reçoit l'ordre d'apporter des cafés, ou plutôt « d'abreuver de caféine ces messieurs de la police. »

À première vue, le pinardier ne doit pas sucer de la glace. À deuxième vue, il est plus large que haut et je suis sûre que sa surcharge pondérale détraque systématiquement sa balance. Ses bajoues masquent son col de chemise, comme Charles X, et ses rares cheveux sont rabattus d'un côté pour masquer sa calvitie. Son pif est une patate violette (une vitelotte). Seuls ses yeux gris perçants ne sont pas bouffis. Une erreur.

— *Je l'imagine monter à cheval pour un tournoi ! me confie Hector. Arf arf arf… Pauvre destrier.*

L'humour de mon ami me surprendra toujours. Après d'interminables préambules bons à endormir un lombric, Yvon se décide à faire son métier sans détour mondain.

— Votre ami Hector Des Marres nous a conseillé de venir vous voir…

— Oui, je suis au courant, il m'a téléphoné.

— Très bien. Nous aimerions connaître votre opinion concernant madame Morgane Magus, susceptible d'être à l'origine des trois cambriolages.

— C'est… c'est une longue histoire… Comme Hector, j'ai été séduit par cette salope, et comme bon nombre d'hommes aux alentours. Quand vous la verrez, vous comprendrez. Elle a semé la pagaille chez tous ceux qu'elle a conquis, mariés ou pas. Ils avaient un point commun : ils étaient fortunés ! Mais, et c'est un détail qu'elle a sous-estimé, ils se connaissaient, nous nous connaissions et nous nous sommes unis contre elle. Bref, j'étais très épris de cette créature. Je lui ai fait la cour et, en experte de la chose, elle m'a cédé alors que j'avais perdu toute objectivité. C'est alors que quelqu'un, je ne sais plus qui, m'a averti qu'elle avait un mari du nom d'Accolon Simpleton. Trop tard ! Je n'avais jamais tenu dans mes bras une telle beauté, qui plus est une sacrée baiseuse. J'ai donc fait l'impasse sur son statut matrimonial. Comme j'étais, et suis toujours, aisé dans mes finances je lui ai fait des cadeaux somptueux. Ce qu'elle appréciait fortement. Mais elle a voulu aller trop vite, et ma méfiance s'est éveillée quand elle m'a demandé de lui faire un don considérable pour, soi-disant, monter un commerce. J'ai refusé. Cela ne l'a pas découragée. Quelque temps plus tard, elle a recommencé pour une opération tellement douteuse que je me suis payé sa tête. Je ne l'ai pas revue pendant plusieurs semaines, désillusionné sur son compte. Un matin, un gendarme m'a apporté une convocation. Je me suis retrouvé au tribunal accusé de harcèlement sexuel ! Vous savez mieux que moi ce qui se passe dans ces cas-là ! Les gens vous jugent immédiatement et on vous condamne sur de simples rumeurs. Surtout que Morgane clamait partout que j'étais un horrible obsédé qui poursuivait continuellement les femmes. Complètement désemparé, je suis allé revoir une ancienne amie, un amour de jeunesse, avec laquelle j'étais resté en très bons termes. Elle m'a rassuré et, très au fait de la conduite bien connue de mon accusatrice, m'a apporté une aide précieuse sous la forme de témoignages précis qu'elle a recueillis et présentés à la cour. La Magus a été déboutée au cours de l'audience. Elle a été condamnée à me verser une amende importante et a réglé des frais de procès conséquents. Depuis, elle ne rate pas une occasion de me porter tort, si elle le peut, avec son parti Forêt-Brocéliande-Immortelle.

— Comment se nomme l'amie qui vous a aidé ?

— Madame Viviane Tarandro. Elle habite une maison tout près d'ici, à Concoret, non loin du château de Comper.

— Je sais où. Je vous y conduis quand vous voulez, dit Le Moël à notre intention (Enfin, pas à nous, les bestioles, *of course*!). Elle y vit avec notre maire, monsieur Merlin Lepidus.

— Comment ? Il s'appelle vraiment Merlin ?

— Oui, « Merlin l'emmerdeur ».

— Vous voulez rire ?

— Non, c'est son surnom. Il n'est jamais d'accord lors des séances du conseil municipal auxquelles j'assiste en auditeur libre. C'est le champion des plaisanteries idiotes qui n'amusent que lui, et il est réputé pour ses oublis, étant donné qu'il ne note jamais rien.

— Enfin, Alain, la correspondance des noms avec ceux de la légende arthurienne ne te surprend donc pas ?

Le capitaine s'agite sur son siège, très mal à l'aise.

— Écoute, Yvon, c'est la première chose que j'ai faite en arrivant en poste ici : la vérification des identités. Tout est en ordre. C'est invraisemblable mais c'est ainsi Et je suis remonté loin dans le temps, y compris pour monsieur Le Gallois.

— Je confirme les dires de monsieur Le Moël, intervient le susnommé. Pour ma part, il ne s'agit pas d'une légende mais tout simplement de la réalité. Nous sommes les descendants de nos lointains ancêtres dont le nom perdure dans des lieux où nous avons toujours vécu, conservant miraculeusement notre patrimoine. Nous avons tous durement lutté pour cela.

Même Hector en tombe à la renverse... Oui, bon, seulement au figuré. Faites un effort quand même !

Erwan réagit le premier.

— Monsieur Le Gallois, croyez-vous être le continuateur de la lignée du fameux chevalier Perceval Le Gallois, compagnon du roi Arthur siégeant à la mythique Table Ronde ?

— Je ne crois pas, Monsieur, c'est la vérité. Depuis le VIe siècle, nous veillons à ce que chacun ait un fils, légitime ou non, pour transmettre notre patronyme. J'ai personnellement des documents qui certifient notre généalogie depuis le XIe siècle.

Un silence de platine nous fige afin d'ingérer les assertions impensables du sieur chevalier. Mais non, pas mon correcteur : Perceval Le Gallois, chevalier de la Table Ronde. Enfin, faut encore vérifier parce que, moi, j'ai du mal à avaler ce que nous affirme le quidam.

— En revanche, mon vénérable ancêtre n'a pas entrepris la quête du Graal, au sens chrétien du terme. Ce sont les auteurs des multiples versions du cycle arthurien qui l'ont inventé. Il était fabricant de vaisselle et vendait lui-même ses produits de grande qualité dans toute la Gaule, surtout en Bretagne. « Graal » est un mot celte qui, à l'époque, signifiait grand plat. Il était assez creux pour contenir du poisson ou de la viande. La réputation de cette vaisselle était équivalente à celle de Henriot aujourd'hui. Alors que Perceval s'apprêtait à livrer un immense graal, commandé spécialement pour le roi Arthur, un salopard l'a dérobé. Presque tous les chevaliers de la cour se sont lancés à sa recherche et c'est mon ancêtre qui l'a retrouvé. C'était un coup fomenté par Morgane, enfin son ancêtre à elle, pour se venger d'Arthur qui l'avait larguée.

— Vous n'auriez pas conservé cette pièce par hasard ?

Le Gallois ne perçoit pas l'ironie dans la question d'Erwan.

— Non, hélas. C'est une Morgane du XVIIIe siècle qui l'a cassé, profitant de la Révolution, alors qu'Arthur s'était réfugié en Cornouaille anglaise.

— Un Arthur de 1789 ?

— C'est ça.

Ben voyons, ça coule de fontaine. Tout cela me paraît une vaste blague. Les protagonistes n'ont pas hésité, grâce leur position sociale influente, à falsifier les registres de l'état civil et à fabriquer des faux documents. Pourquoi ? Qu'est-ce que tout cela dissimule ? J'ai hâte de connaître les conclusions d'Hector. J'entends Yvon mettre les pieds dans le graal... heu, pardon, dans le plat.

— Si j'en crois vos propos, la légende arthurienne n'en est pas une, elle serait une simple fantasmagorie basée sur la réalité historique ?

— Voilà, on ne peut dire mieux.

— Alors dans ce cas-là, la Table Ronde existe toujours ?

— Absolument. Vous la trouverez dans le vaste sous-sol du château d'Arthur Legrand.

On est déjà tombé à la renverse, on ne va pas recommencer. Tout de même, on se prend un coup qui dépasse de loin notre entendement.

— Nous vous remercions de votre témoignage, Monsieur, qui corrobore celui de votre ami Des Marres. Il sera vraisemblablement nécessaire de vous voir ultérieurement. En attendant, ce serait bien que vous restiez ici pour éviter un déplacement.

— Ce n'est pas un problème. Je vais vous donner mes coordonnées. Si vous avez besoin de moi, quelques heures de route ne me font pas peur.

L'avaleur de parapluie nous ayant escortés jusqu'à la porte, nous sortons éberlués de l'entrevue. Nous flânons un peu en regagnant la voiture, afin de ressentir l'extraordinaire ambiance de la forêt tout autour de la propriété. Hector a raison : rien ici n'est normal. Les hautes futaies dominant des sous-bois obscurs abritent des entités à peine invisibles. On redoute à chaque instant de voir un jet de flammes précéder l'apparition d'un monstrueux dragon, suivi d'un grand vieillard avec barbe et cheveux longs marchant à ses côtés, vêtu d'une tunique étoilée, une baguette magique à la main, lui recommandant de ne pas griller les visiteurs… Qu'est-ce que je raconte…

— Je vous conduis chez Viviane Tarandro ? demande le capitaine Le Moël.

— Certainement ! répondent mes keufs à l'unisson. Cela devient une habitude qui m'évoque irrésistiblement les Dupont et Dupond de la bande dessinée *Tintin et Milou*. Je l'ai déjà écrit, je crois, dans un de mes *best-sellers*.

4
Viviane

Effectivement, comme disent les journalistes au J.T., la Viviane n'habite pas loin. Sa grande maison bourgeoise est, elle aussi, nichée dans la forêt. Ce serait impossible aujourd'hui, le permis de construire ne serait pas accordé. Et heureusement ! Si on laissait faire ces messieurs de l'immobilier, ça ne les gênerait pas de construire une résidence de luxe baptisée « Le donjon de Philippe Auguste » dans la cour carrée du Louvre. À 100 000 euros le mètre du même nom. Comment ? Vous n'avez pas compris ? CARRÉ… Le mètre carré. Ça y est ? Bon.

Oh, qu'elle est belle la Viviane quand elle ouvre la porte ! Une beauté aristocratique à l'expression douce et sensuelle ; ce n'est que mon avis, puisqu'en ce domaine, mes expériences sont inexistantes. De grands yeux bleus très pâles, un nez droit et fin surplombant une bouche aux lèvres bien dessinées, des pommettes légèrement saillantes, composent un ensemble parfait encadré d'une longue chevelure brune. Sa silhouette n'est pas en reste. Elle est habillée d'une robe signée par un grand couturier, dont la longueur est calculée pour laisser voir de jolies jambes, et perchée sur des escarpins à talons aiguilles. Elle ne doit pas faire son marché aux Restos du Cœur.

— *Ventre-Saint-Gris!* s'exclame Hector. *Si j'étais un bipède, je la couvrirais céans!*

Je suis sidérée! Je n'ai jamais entendu mon soupirant proférer de telles insanités!

— *Surveillez vos propos en ma présence, mon ami!*

— *Oh, pardon, ma mie, c'était le cri du cœur!*

— *Ah? Vous le situez curieusement, Hector!*

— Bonjour, capitaine. Entrez, Messieurs.

Madame Tarandro nous tourne le dos, ce qui déclenche une éruption de phéromones chez les keufs. ÉRUPTION, j'ai écrit, non mais…

Elle nous reçoit dans une vaste pièce qui a l'air d'un laboratoire, nonobstant la présence de quelques objets précieux en apparence dont je ne saurais définir l'usage. Une grande paillasse carrelée de couleur blanche supporte des fioles diverses, un distillateur en verre et des tas de bocaux emplis de multiples matières. Heureusement que le plafond n'est pas constitué de voûtes car on pourrait se croire dans l'antre d'une sorcière. Mais une belle sorcière… c'est rare!

— Pardonnez-moi de vous recevoir ici mais je dois surveiller mes préparations. Je suis pharmacienne et chercheuse pour des produits de beauté.

Tu parles! Et moi je suis la chatte de Gargamel et je fabrique les médocs pour les Schtroumpfs!

— En quoi puis-je vous aider ?

Ha ha ha ! À calmer les ardeurs de ma flicaille avec une potion à base de bromure !

— … Euh… Nous enquêtons, mes amis de Quimper et moi, sur les cambriolages qui ont eu lieu chez… des voisins que vous connaissez sûrement…

— Oui, je sais.

— Et… vous en pensez quoi ?

— Je ne pense pas. Morgane Magus les a organisés. Mais je ne peux pas le prouver.

— Avez-vous une supposition sur le mode opératoire ? demande Erwan.

— C'est assez simple. Moyennant des sommes d'argent conséquentes, elle a engagé des sans-papiers qui conduisent des camions qu'elle a loués à son nom dans différentes agences. Avec des drones et… d'autres moyens, elle a surveillé les déplacements des gens demeurant dans les résidences à cambrioler. Elle a un entrepôt dans un autre département que le nôtre, en Mayenne je pense, et elle y entasse ce qu'elle a fait dérober. Là, d'autres engins viendront charger la marchandise pour la vendre à l'étranger.

— Vous pouvez nous révéler comment vous avez reçu ces informations ? demande Yvon.

— Oui, mais vous ne me croirez pas : je les ai obtenues… grâce à mon don personnel.

— Ah, en effet, c'est…

Elle rit d'une manière délicieuse.

— Je vous avais prévenus ! Peut-être votre superbe saint-hubert me croira, lui !

Hein, je rêve ! En tout cas, mes keufs le prennent sur le ton de la plaisanterie. C'est ce qu'elle a voulu.

Il n'en est pas de même pour mon bel ami.

— *Dame de mon cœur, tout ce que dit la fée Viviane est vrai ! Je vous prie de le noter.*

La fée Viviane ! Bon sang, mais c'est bien sûr ! « La Dame du Lac », la taupe à Merlin, la mère adoptive de Lancelot ! On nage en plein lac des délires !

— Mais je peux quand même vous aider, reprend la belle femelle bipède.

— Formidable ! Et de quelle manière ?

Le scepticisme de mon flic celte m'amuse beaucoup. Nous sommes de la même souche, cartésienne, objective. Faut pas nous enfumer avec des balivernes, nous autres.

— C'est très facile, monsieur le commissaire. Mon mari et moi...

— Monsieur Merlin Lepidus ?

— Oui, donc mon mari et moi avons dressé une liste de tous ceux qui vont être dépossédés de leurs biens...

— Ah, parce que ça aussi, vous l'avez « vu » ?

— Parfaitement ! Je vais vous la donner et je vous conseille d'aller voir tous nos amis pour les aider à déjouer ces forfaits. Vous étudierez avec eux les mesures de protections à prendre. Le capitaine Le Moël est en rapport avec deux établissements de sécurité de toute confiance, à même de réaliser ces travaux.

— C'est exact, approuve l'intéressé.

— Que fait votre mari, Madame, en dehors de ses fonctions à la mairie ?

— Il gère une chaîne de magasins de farces et attrapes, sur tout le territoire de la Gaule... de la

France. Si vous voulez le voir, il sera de permanence après-demain à la mairie, de neuf heures à midi.

— Et comment dire… insiste Yvon. Nous avons entendu parler d'un parti politique…

— Bien sûr : le Cercle Interceltique Arthurien, le C.I.A. Nous en sommes membres tous les deux, mon mari étant le secrétaire. Morgane a créé son F.B.I en opposition à tout ce que nous préconisons. Nos représentants à l'Assemblée Nationale sont constamment accusés de supposées forfaitures par les siens. Mais les Français ne s'y trompent pas : le F.B.I. est au plus bas dans les sondages.

— Et vous ? Comment vous situez-vous ?

Elle hésite à répondre, la contrariété envahissant son beau visage.

— Un peu mieux, et heureusement !

Ouais, encore un truc à vérifier.

— Merci infiniment de votre accueil, madame Lepidus.

— Tarandro, si cela ne vous dérange pas. Je garde mon nom de jeune fille, afin de ne pas gêner mon mari.

Nous prenons congé de la fée Viviane-Tarandro-merlinesque, visiblement à regret pour ces mâles bipèdes perpétuellement en chasse à la femelle. Quelle engeance ! Et ça y va en regagnant la 508 !

« Quel canon ! » « Elle est roulée comme une déesse ! » « Je la ferais pas payer ! », et autres salacités à les faire rôtir en enfer, rôtir de désirs inassouvis, bien entendu.

— Si on allait visiter le tombeau de Merlin ? propose Le Moël, hilare.

— Le tombeau de… s'étrangle Yvon. Mais…

— Je parle du lieu de la légende. On est à côté.

— Ah, oui, c'est amusant ! Tu nous guides.

Tandis que la voiture démarre, je m'empresse de questionner Hector.

— *Mon beau chevalier, que déduisez-vous des discours de madame Tarandro ?*

Hector lève son museau, réfléchit longuement avant de me répondre.

— *Tout d'abord, ma belle Catia, sachez que Magus, comme Tarandro, sont deux noms latins qui signifient respectivement « magicienne » et « Rennes ».*

— *Rennes… comme la ville ?*

— *Oui. Ce qui veut dire aussi : grenouille.*

— *Viviane Grenouille ?*

— *Allusion probable au fait que la fée Viviane d'origine vivait dans le fond d'un lac, puisqu'on la désigne aussi sous le nom de « La Dame du Lac ».*

— *Qui élève Lancelot du Lac.*

« Lance l'eau du lac »… Elle est bonne, non ?

— *C'est cela, ma mie. Elle l'a recueilli après la mort de son père, Ban de Bénoïc, contre l'avis de sa mère, et l'a éduqué…*

— *… Au fond du lac avec des bouteilles à oxygène.*

— *Si vous l'entendez sur ce ton, j'arrête tout de suite.*

— *Excusez-moi, très cher, c'est mon mauvais esprit. Continuez, je vous prie.*

— *Donc les propos que la descendante de Viviane nous a tenus sont, à mon humble avis, parfaitement véridiques. À savoir l'implication de Morgane dans les cambriolages, son mode opératoire, et ses tentatives de vengeances systématiques. Vengeances ayant pour motif le rejet de sa personne par tous les mâles qu'elle a séduits, y compris Arthur Legrand et Merlin Lepidus, le maire de Plélan-le-Grand. Ah, au fait… Lepidus en latin signifie « L'enchanteur ».*

— En résumé, elle séduit les plus fortunés du coin, ils se rendent compte qu'elle veut tout simplement les plumer, ils la larguent, et elle règle ses comptes. C'est ça ?

— Je ne l'aurais pas formulé de cette manière mais en effet c'est le processus.

— Qui dure depuis quatorze siècles, puisque la Morgane originelle s'est fait bannir par son amant le roi Arthur, alors qu'elle cocufiait son Accolon de mari !

— Oui. Je vous sens… dubitative, Dame de ma vie.

— Nous avons décidé de ne plus nous heurter, mon cher Hector. Aussi je vous le déclare courtoisement : je n'arrive pas à gober ce canular.

— Pourtant, il…

— On est arrivé, les bestioles ! Pause pipi !

Grandeur et décadence dans un carrosse de flic ! Je me garderai de toute objurgation et obtempère à cette invitation si… policée. (Ha ha, ha !) Alors que nous allions, chacun de notre côté, soulager nos besoins naturels, nous sommes statufiés par ce qui s'offre à nos yeux. Les mots pour décrire cet endroit sont bien pauvres, tellement nous sommes atteints, mon canidé et moi, par cet ensemble de splendeur, de sacré, de merveilleux, baigné d'une fragrance subtile dégagée du sol parsemé de feuilles et des roches remarquables personnifiant le tombeau du Merlin de la légende. Je suis profondément troublée. Je sens une vibration qui pourrait être émise par une aura appartenant à une divinité.

— *Mes plus nobles pensées vous vénèrent, maître Merlin.*

Mon cher Hector a murmuré sa phrase respectueuse destinée à l'invisible personnage censé reposer sous ces blocs de roche.

— Ça rapporte du pognon aux commerçants du coin, la légende ! Personne n'y croit mais tout le monde vient voir la tombe de Merlin.

Yvon résume en termes prosaïques ce que pensent tous les manants de notre époque. Sauf nous deux, « les bestioles ».

— Allez, en route, c'est l'heure du déjeuner !

Ben tiens donc ! On ne peut plus penser quand c'est l'heure du déjeuner chez la flicaille.

— *Cela me sied bien, ma mie, voyez-vous. Pas vous ?*

Pffttt ! Que tout cela est vulgaire ! Enfin, il faut bien se sustenter tout de même… J'en bave d'envie, nom d'un tigre. Je ne m'en étais pas aperçue.

— Ah, voilà ces magnifiques animaux ! Installez-vous, Messieurs.

Nous sommes toujours des V.I.P. à L'Excalibur, la bonne auberge de Plélan. On a même poussé la délicatesse à nous installer, Hector et moi, sur des sièges adaptés, de façon que nous soyons à la hauteur des bipèdes.

Mais d'abord, nous dégustons nos délicieuses gamelles. Comment ? Oui, par terre, c'est comme ça chez vous autres pour les « bestioles ». En remontant sur nos estrades respectives, nous éprouvons un haut-le-cœur : les verres contenant « le petit jaune » sont disposés juste sous notre nez ! Pouah ! Nous redescendons illico sans nous concerter et allons nous allonger dans un coin pour ne pas déranger le service. Enfin… moi sur Hector, c'est tout de même plus confortable.

— Ils sont attendrissants tous les deux, dit le serveur en apportant les hors-d'œuvres.

— C'est vrai, dit le pandore comme si on lui appartenait, et pas gênants du tout.

Mais oui, Ducon, t'as raison. Si tu savais…

RIDEAU (de sieste)

— Catia ! Hector ! On s'en va !

Quoi, déjà ? Oh là là !…Pénible. Ras le bol de votre enquête !

— *Ils sont toujours comme ça, avec un pétard dans le fion ?* grommelle Hector, pas bien réveillé pour s'exprimer de la sorte.

5
Caradoc Freichfras

Le troisième sur la liste établie par madame Viviane Tarandro est monsieur Caradoc Freichfras. Il est responsable d'une antenne Emmaüs, en bordure de Plélan-le-Grand. Entouré par une clôture grillagée, le vaste terrain est occupé par trois hangars dont un construit sur piliers, abritant toutes sortes de machines et objets peu fragiles. Des voitures sur le parking attendent que leur propriétaire les charge de leurs achats. Les employés d'Emmaüs sont facilement repérables car ils transportent des marchandises sur des diables ou s'affairent à réorganiser les espaces dès que quelque chose est vendu. L'un d'eux, nous apercevant, s'écrie aussitôt :

— Les animaux sont interdits ici !

D'un geste digne d'un western, les trois keufs dégainent leur carte barrée bleu-blanc-rouge.

— Police ! Ils restent avec nous ! Où se trouve Caradoc Freichfras ?

— Ah, c'est pour Cradoc, d'accord. Il est dans ce bâtiment-là, son bureau est à gauche en entrant.

Erwan m'a prise dans ses bras car le sol est jonché de débris qui pourraient blesser mes paturons. Yvon tient Hector en laisse et ce dernier fait très attention où il pose ses grosses pattes. Je remarque que notre gendarme examine avec une grande attention les gens et les choses qui nous entourent, réflexe professionnel sans doute. Le bureau de Freichfras est une casemate construite en bois comme un container. Un fouillis hétéroclite habille les murs et encombre tout l'espace. Le maître des lieux est assis derrière un grand bureau style 1930, logé dans un coin. Caradoc, dit « Cradoc » si j'en crois son employé, est à l'image de son surnom. Rougeaud, les cheveux longs plaqués en arrière, rien sur son visage ou ses mains ne peuvent s'apparenter au qualificatif « propre ». Il est vêtu d'une combinaison bleue souillée de taches de graisse et de peinture. Des petits yeux ronds à l'expression méfiante nous regardent approcher. Devant lui, posée sur un présentoir, une photo de l'abbé Pierre apporte une note de générosité dans cet univers… cradingue.

— Bonjour, monsieur Freichfras, dit le pandore. Nous ne sommes pas clients. Nous venons vous entretenir d'un possible cambriolage de votre propriété privée, tel que l'envisage éventuellement madame Magus. Êtes-vous au courant de ceux dont vos relations ont été victimes ?

— Ce ne sont pas des relations mais des amis.

Son haleine ne sent pas la violette mais le marc de Bourgogne cuvée 73. Comment je le sais ? Ha, ha, ha ! C'est marqué sur la bouteille, à côté de l'abbé

Pierre, qui n'a pas l'air d'apprécier. J'ai beaucoup de mal à l'imaginer en compagnie du sexagénaire de mode Hector Des Marres. Il est plus compatible avec Le Gallois. Leurs échanges « en liquide » doivent les rapprocher, à défaut de leurs costumes.

— Serait-il possible, Monsieur, d'aller chez vous maintenant pour étudier comment protéger votre demeure ?

Il a l'air soulagé, comme s'il avait pris mes bipèdes pour des agents du fisc.

— Heu… oui… c'est pas loin. Mais le chat et le chien…

— …sont toujours avec nous. C'est bon pour notre moral.

Yvon lui tend la main.

— Commissaire Legal, de Quimper. Je vais souvent chez Emmaüs

— Ah, bon ! Alors vous connaissez Manu ?

— Bien sûr ! Depuis le début. Quand il est sorti de taule, où je l'avais envoyé, je lui ai trouvé du boulot… chez Emmaüs.

— Vous avez fait une bonne action. C'est un type super.

Je l'imagine chez Le Gallois, le manche à balai l'introduisant : « Monsieur Cradoc de chez Emmaüs. »

— Je vous offre un p'tit verre ?

— Ce serait avec plaisir mais nous sommes pressés aujourd'hui.

— Bon, alors allons-y. Vous me suivez.

Premier choc : derrière sa tanière, il monte dans un cabriolet Cadillac Eldorado 1954 qui parait neuf ! Le ronflement discret de l'énorme moteur V8 paralyse les pauvres amateurs que nous sommes. On monte, pitoyables, dans la 508 avec un sentiment de frustration mêlé d'ahurissement, telles des girafes dans un champ de radis.

Deuxième choc : la « demeure » est un château du XVe siècle, ridiculisant par sa taille et son raffinement ceux de ses « potes » que nous avons visités. Mais l'intérieur est un dépotoir ! Un dépotoir de luxe composé de très beaux meubles, poussiéreux il est vrai, de tableaux, de sculptures, en marbre ou en bronze, et des lampes signées Gallé ou Lalique.

— Si vous voulez acheter quelque chose, on peut s'arranger, dit le pov' brocanteur.

— Vous possédez des choses magnifiques, commente Erwan.

— Oui, c'est vrai, mais je n'ai pas le temps de m'en occuper.

— Dommage… dans un lieu pareil !

Justement, on est là pour ça ! Cradoc… euh… Caradoc a complètement négligé la sécurité. La bande à Morgane ne rencontrera aucune difficulté pour tout embarquer. Les discussions commencent et il réalise l'urgence des mesures à prendre. Finalement, mes keufs acceptent « un p'tit verre » et le chiffonnier de la joie sans eau sert même une gamelle de ce liquide frais aux quadrupèdes que nous sommes.

— *Ne vous fiez jamais aux apparences*, me glisse Hector entre deux lapées, *cet homme est un grand cœur, honnête et généreux*.

Ouais, si seulement il se douchait… avec ensuite un peu de déodorant et du « Y » de Saint Laurent, le parfum de mon homme. Alors que, rafraîchis, nous allions écouter les préconisations des keufs, surgit un énorme berger allemand, aussi hirsute et négligé que son maître. À notre vue, il se raidit, moi aussi. Je deviens une pelote d'épingles qui gronde. (On a les métaphores qu'on peut !)

— *Qu'est-ce que vous foutez là ?* braille-t-il.

— *Je vous souhaite le bonjour, mon ami, dit Hector avec emphase. Nous sommes policiers, surtout ma belle amie, et nous venons avec nos bipèdes afin de protéger votre niche d'éventuels malfrats.*

— *Vous v'nez pas pour faire chier mon pépère ?*

— *Que nenni, mon brave, au contraire.*

— *Et toi, la greffière, t'es vraiment flic ?*

Tel bipède, tel cador ! Je dois m'adapter au vulgaire.

— *Oui, mon pote. Même que nos keufs sont des nazes à côté de nous. Mais toi, tu restes tout seul quand ton pépère va au turf ?*

— *Non, d'habitude j'suis avec lui, mais c'matin j'avais une grosse flemme. À mon âge c'est normal. T'es jeune, toi. Tu verras plus tard, t'auras plein d'arthrose dans les pattes. Comme ton pote. Hein ? T'as dû te bouffer les cartilages à la chasse, et maintenant tu dérouilles. T'es plus vieux que moi, non ? J'vais sur mes douze ans…*

Je sens Hector amusé par les propos de notre interlocuteur.

— *Oui, en effet, je suis votre aîné, mais je n'ai jamais chassé nos frères sauvages avec lesquels je m'entends très bien. Quant à mes douleurs et mes petits bobos, je traite cela par le mépris.*

— *Ha, ha, ha, tu me fais marrer le vioque ! C'est bien de garder l'humour. Alors qu'est-ce qui se passe pour qu'vous soyez là ?*

On explique au vieil ancillaire fidèle la raison de notre venue, nos suspicions pour la coupable, et les protections à installer.

— *Ben merde alors!* s'écrie-t-il quand nous en avons terminé. *Avec mon pépère on supporte pas les malhonnêtes. La Morgane on l'avait virée à cause de ça.*

— *De quoi, ça?* dis-je.

— *Elle avait essayé de nous piquer du fric, et pis elle blairait pas les chiens, ni rien d'aut'. Et pis elle arrêtait pas de nous gonfler pour qu'on se lave tous les jours. « Change de chemise, change ton machin, mets du sent-bon dans la chambre, sur ton chien, dans les chiottes, gna gna gna », quelle chieuse! Alors on l'a foutue à la porte! Et maintenant elle voudrait tout chouraver ici pour se venger? Ouais, ça ne m'étonne pas…*

— *Et pis sa bande de voyous pourrait être dangereuse envers toi, frangin.*

— *Oh mais… C'est quoi ton nom?*

— *Catia.*

— *Tu sais, Catia, je jouerais pas les marioles pour protéger des vieilleries. J'avertirais pépère et j'me casserais vite fait. C'est fini pour moi, la castagne.*

— *T'as une échappatoire pour te barrer vite fait?*

— *Un… quoi?*

— *Une issue, un passage, un sous-terrain…*

— *Ah, un bidule pour se faire la malle discrétos, ouais, j'ai un truc électronique dans mon collier qui ouvre une petite porte le temps que j'passe, et j'me retrouve dans un abri en d'sous d'la baraque, bien peinard.*

Qu'est-ce que je vous disais il n'y a pas longtemps!

— Bon, ben, j'vais vous laisser. Faut qu'j'aille pisser trois gouttes.

— Très bien. Allez soulager votre besoin, mon ami.

— Tchao mon grand. À bientôt.

— Salut les potos. À la revoyure.

Il s'éclipse d'une démarche hésitante et nous rejoignons les sapiens, attendris par cette rencontre. Je vais devoir transmettre des informations intéressantes à... Ah, bravo ! Ils sont en train de trinquer hilares avec Cradoc, et, si j'en juge le niveau de la bouteille de Fine Napoléon 1912 posée sur la table, ce n'est pas le premier verre !

— Mais c'était une sacrée tringleuse, braille le Freichfras. Ah, tiens, voilà vos bestioles. Y sont chouettes, tous les deux. C'est comme mon vieux Poupounet... J'aurais du mal à vivre sans lui.

Poupounet... On s'écroule de rire en entendant ce surnom ridicule. (De quelle façon ? La nôtre, si ça ne vous dérange pas !)

— Quand j'pense que l'aut' saloperie ne l'aimait pas !

Ah bon, il a évoqué ses rapports passés avec Morgane. Un point d'acquis. Ce devait être dans un temps lointain, vu ce qu'il est devenu physiquement aujourd'hui.

— Si tu veux, déclare le capitaine Le Moël, je vais faire faire des rondes par mes hommes pour te surveiller, en attendant que ton installation soit réalisée.

Ils en sont à se tutoyer ! Mon Dieu, quelle époque décadente vivons-nous !

— En établissant des horaires irréguliers, ce sera déjà une belle dissuasion.

— Merci, Alain, t'es vraiment sympa ! Allez, un p'tit dernier pour la route.

Quelle honte ! Et ça prétend faire régner l'ordre !

— *Que voulez-vous, ma mie, ce ne sont que de pauvres bipèdes...*

L'arrivée à La Maison des Légendes est pathétique. Le trajet, court heureusement, s'est effectué ponctué d'horreurs salaces, de hurlements de rire, et, il faut bien l'admettre, d'une joie de vivre intempestive. J'aurais supporté trois jours sans gamelle pour qu'ils soient contrôlés sur la route par leurs collègues. Mais dans ce cas, ça n'arrive jamais. Au moment de se quitter, Le Moël précise :

— Je ne peux pas dîner avec vous ce soir. Ma femme et mes enfants m'attendent. Mais on peut prévoir pour plus tard si vous voulez ?

— Avec plaisir, approuve môssieur le commissaire. On sera ravie de connaître madame Le Moël !

— Je ferai garder les petits. Ils ont école, eux.

— Bien sûr. Bonne soirée, Alain.

Le capitaine monte dans son Berlingo bleu qu'il avait laissé là et s'en va, salué par ses copains de beuverie. Ben oui, je ne suis pas d'accord pour qu'ils boivent pendant le service. Ni en dehors, d'ailleurs. Je sais : tout le monde boit, même ces saloperies de fourmis.

Le temps de passer une tenue plus décontractée et nous revoilà sur les bords de l'étang pour une promenade avant le dîner. Enfin... Hector et moi nous sommes décontractés sans avoir passé une tenue quelconque, hein... Nous laissons la flicaille prendre de la distance et nous abandonnons à nos rêveries devant cette étendue liquide dont pas un souffle d'air ne vient troubler le miroir. La douce lumière du soir se reflète bienveillante sur cette surface. Peut-être allons-nous voir surgir lentement le scintillement de l'épée Excalibur, tenue par la main gracile de la Dame du Lac hors de l'eau ?

6
Messire Gauvain

Et en avant la routine !

« La tournée des châteaux », plan 4, première ! Clap ! Silence dans le carrosse ! Personne n'est bien réveillé. Les keufs parce qu'ils ont trop picolé avec les gens du resto L'Excalibur, et nous, parce que… c'est comme ça ! Nous ne sommes pas à leur botte, Hector et moi.

Je n'ai même pas pu échanger avec mon homme et Yvon tellement ils tombaient de… sommeil, ne soyons pas mal intentionnés ! L'enquête commence telle une cure… d'intoxication ! Le pandore nous suit dans sa caisse, je ne sais pas pourquoi. Pas mon problème. D'ailleurs, il ne tarde pas à nous doubler, probablement pour nous indiquer le chemin. À voir les grands arbres qui défilent à travers la vitre, on reste encore dans le périmètre de Brocéliande. On va voir le troisième cambriolé, Gauvain Legrand, neveu d'Arthur. Lui aussi dans un château. Il n'y a que ça par ici, c'est d'un banal! Il y avait sûrement un plan d'épargne logement pour la chevalerie du roi Arthur: le P.L.E.A. qui est devenu pour les manants le L.A., le livret A. Oui, bon, il est tôt, alors, hein…

La voiture s'arrête, nos bipèdes nous sortent sans un mot. Sont de mauvais poil… Pas un regard de notre part non plus, ni pour eux, ni pour les lieux. On attend, après qu'ils ont frappé à la porte monumentale, le regard absent dirigé vers le sol. Comme on tarde à ouvrir, Yvon s'énerve et donne des coups de poing sur le lourd battant… qui pivote enfin. On en reste bouches et gueules ouvertes: le larbin, un jeune homme d'une trentaine d'années, est en queue-de-pie noire avec plastron blanc et nœud papillon.

— Vous désirez, Messieurs?

— Police! On vient voir monsieur Gauvain Legrand.

— Certainement. Avec vos…

— Oui, avec…

— Bien. Entrez, je vais prévenir Monsieur.

— C'est ça, prévenez.

Il disparaît et revient assez vite, suivi par un quadragénaire très élégant, mais pas du tout dans le style d'Hector Des Marres. Ses fringues sont modernes, telles celles des stars de la chanson. Portant une barbe noire bien taillée, il a des cheveux décolorés, rasés au-dessus des oreilles. Une mèche recouvre à moitié un de ses yeux vert foncé. C'est un beau mâle de haute stature, souriant.

— Entrez, Messieurs! C'est sympathique d'enquêter avec vos animaux. Je suppose que vous venez encore me voir au sujet des cambriolages ? N'est-ce pas, capitaine ?

Tu supposes bien, Ducon. Mais ce sont les « animaux » qui enquêtent avec leurs bipèdes, nuance...

On entre dans un vaste salon où trois hommes travaillent à poser des câbles. L'un d'eux, apercevant Le Moël, s'approche.

— Salut, Alain. On a pu se libérer pour installer le système de surveillance plus tôt que prévu.

— C'est bien. On fait la tournée des lieux à équiper et on te briefe après.

— Pas de problème, quand tu veux.

Le gendarme présente brièvement tout le monde (sauf nous les « bêtes », *of course* !) et on s'isole dans un coin. La grande pièce est déjà remeublée mais contrairement aux autres demeures que nous avons visitées, celle-ci est d'époque « vintage ». Beurk, je déteste ! Ça va du juke-box en Bakélite au motif Buick chromé du capot de voiture accroché au mur ! Tout est blanc, murs et plafonds, corniches comprises. Les tapisseries et les lustres en cristal brillent par leur absence, remplacés par des lampes aux abat-jour en aluminium. Le parquet a été peint aussi mais en gris pâle.

— *Je préfère l'intérieur du chevalier Caradoc Freichfras, même avec le désordre et la poussière, car il y a une âme, confortée par la présence du sieur Poupounet. Alors qu'ici...*

— *Je suis d'accord avec vous, très cher. Pourquoi dites-vous « chevalier » pour désigner Caradoc ?*

— *Parce que ce sont tous des chevaliers, descendants de leurs ancêtres de la Table Ronde. Perceval Le Gallois nous l'a assuré, ma belle amie.*

— *Oui, c'est vrai, mais j'ai décidément beaucoup de mal à… avec cette histoire. Ne m'en veuillez pas.*

— *Je vous aime trop pour vous en tenir rigueur, ma tendre et belle amie.*

Quelle est la femelle qui ne se pâme pas en entendant une telle déclaration d'amour ? Hein, les gonzesses ?

— Dois-je servir des boissons matinales, Monsieur ?

Queue-de-pie est au garde-à-vous, ce qui contraste avec l'allure de son patron.

— Café, thé, jus de fruit ?

— Café, demandent les keufs.

Mais oui, toujours synchrones, ce qui m'évite d'écrire des lignes en plus.

— Quelle est votre profession exacte, monsieur Legrand ?

— Je suis marchand d'armes. J'ai plusieurs magasins d'armurerie, dont une à Paris avec stand de tir intégré. Plusieurs de vos collègues sont des clients assidus, monsieur le commissaire.

— C'est une tradition familiale ?

— Certainement. Un de mes ancêtres a forgé toutes les armes pour Guillaume le Conquérant, un autre a fait fortune avec Napoléon Ier.

— Et celui qui côtoyait le roi Arthur a fabriqué Excalibur, l'épée magique…

Erwan n'a pas pu s'empêcher de gaffer. Ce qui n'est pas pour me déplaire. En revanche, Gauvain se renfrogne, son expression aimable remplacée par une attitude bizarre.

— Vous venez d'énoncer nos origines. Si cela vous intéresse, je vous ouvre mon coffre-fort, où elle est conservée. Mon oncle me l'a confiée.

Pandore, flicaille, bestioles, on est ahuri, dévisageant le… quoi déjà ? chevalier… noble de chez noble… escroc ? Le capitaine Le Moël sort le premier d'une léthargie généralisée.

— Comment pouvez-vous être sûr de son authenticité ?

— Quand vous la verrez, vous n'en douterez pas.

Nous sommes tous mal à l'aise, je le sens. C'est alors que je remarque à l'annulaire gauche de notre hôte une grosse bague en or, une « chevalière », la bien nommée, dont le motif gravé en creux est un pentacle, signe magique que des allumés associent au roi Salomon. En tout cas, sa signification est chargée de symboles. Le gugusse, avec sa tronche à passer dans *The Voice*, est tout de même vraiment particulier ! Yvon reprend la main.

— D'après les témoignages de vos… voisins et amis que nous avons vus depuis hier, il semblerait que Morgane Magus ait entrepris une série de cambriolages, à titre de vengeance. Quel est votre avis sur cette question ?

— Ils m'en ont parlé… C'est tout à fait possible.

— Vous la connaissez bien ?

Gauvain Legrand a un petit rire amer, les yeux vagues dirigés sur une image de sa mémoire.

— Oui… très intimement même. Mais… c'était il y a longtemps.

Si je me laissais aller, je dirais qu'il n'y a que le train qui ne lui est pas passé dessus à la Magus. Mais non, je ne me laisse pas aller, enfin, voyons…

— Et votre aventure s'est mal terminée ? intervient Erwan.

— Comme avec tous les hommes dont elle a partagé un moment de leur vie. Le premier à en avoir souffert est mon oncle Arthur. Bien que marié il a eu un fils avec elle… C'est une histoire compliquée, je préfère qu'il vous la raconte lui-même, si vous lui posez la question.

— Non seulement à lui mais à madame Magus aussi.

— C'est la logique dans le cadre de votre enquête. Simplement, méfiez-vous d'elle.

— Vos amis nous ont déjà prévenus. De quoi est-elle capable, selon vous ?

— De tout… De vous séduire, de vous persuader de sa bonne foi, de perturber votre raisonnement, de provoquer un accident pour vous blesser, ou bien pis…

Nous nous permettons des rires un tantinet ironiques, surtout nos bipèdes. Il hoche la tête d'un air entendu.

— Vous ne me croyez pas, évidemment… Si vous alliez vous entretenir avec Accolon, son crétin de mari, vous comprendriez de quoi elle est capable. C'était un sacré entrepreneur autrefois. Elle en a fait une loque, à son service exclusif.

Le capitaine Le Moël s'agite sur son siège, interrogeant du regard ses petits camarades qui, implicitement, lui donnent leur accord.

— Monsieur Legrand, comme je le disais à mes collègues récemment, j'ai vérifié les états civils de tous vos amis et connaissances depuis le début de ma prise de fonction à Plélan, très étonné par la correspondance de vos patronymes avec ceux de la légende arthurienne. Tout est en ordre, je vous rassure. Mais avez-vous des explications quant à la reproduction à travers les siècles de vos destins pratiquement à l'identique ?

Il n'a pas l'air déstabilisé par la question le Gauvain. Cela l'amuserait plutôt.

— Les historiens, comme les romanciers, sont d'accord sur un point : Arthur a été un grand roi qui a régné le premier sur l'Europe fin V[e] début VIe siècle. Il a marqué la fin de l'Empire romain, avec lequel il a néanmoins collaboré. Mais, pour des raisons sûrement politiques, tous ses successeurs ont eu à cœur de faire disparaître les preuves de son existence. On appelle cela aujourd'hui « des récupérations ». C'était plus facile pour inventer n'importe quoi à l'avantage de l'affabulateur. Un clan a résisté à cette déviance : le sien, le nôtre, celui de sa famille de sang, et ses fiers chevaliers. Nous avons veillé à faire perdurer dans le temps et nos noms et notre idéal chevaleresque.

— Cela, nous l'avons compris. Mais vous ne répondez pas à ma question : pourquoi vos vies se ressemblent-elles, génération après génération ? Et pourquoi ne pas modifier les événements puisque vous savez à l'avance ce qui est susceptible d'arriver ? Vous connaissez vos ennemis, les relations entre les femmes et les hommes de vos familles…

Le gendarme a formulé ce que nous pensons tous.

— *Écoutez bien la réponse*, me chuchote Hector.

Le chevalier Gauvain est devenu sombre, la tête penchée vers le sol.

— En effet, cela peut paraître invraisemblable… C'est parce que vous ne connaissez pas la puissance du pouvoir des protagonistes qui nous ont façonnés. Arthur, Guenièvre, Viviane, Morgane, Lancelot, Perceval, Hector, moi-même et tous les autres subissons inéluctablement ce que nos lointains parents ont décidé de reproduire jusqu'à la fin de notre civilisation ; une manière d'être immortel. Quelles que soient nos décisions, nous n'échapperons pas à ce schéma immuable.

Encore une fois, on sombre dans l'irrationnel. Le silence qui suit les paroles de Gauvain se permet d'en faire des tonnes. Et moi ? Ben oui, quoi, je suis peut-être issue d'un matou de Jules César qui couvrait toutes les chattes des Gauloises… Allez savoir… Même qu'on appelait ça la gauloiserie ! Ha, ha, ha, elle est bonne, non ?

Yvon et Erwan sont dubitatifs, cela me paraît évident. Le Moël, je ne sais pas, mais Hector est en pleine réflexion, adhérent j'en suis sûre aux propos du chevalier Gauvain Legrand. Mon homme se secoue.

— Peut-on voir Excalibur, s'il vous plaît ?

— Avec plaisir, capitaine. Suivez-moi.

Ce que nous faisons, tout heureux de contempler… quoi au juste ? Une pièce à conviction ? Un témoignage exceptionnel ? Un objet mythique authentique ? Un message du VIe siècle pour nous confondre d'une réalité tellement interprétée ?

Dans l'immense cave voûtée, le lourd coffre-fort impose le respect par sa masse énorme agrémentée de ferrures compliquées rivetées à coups de masse. Nous nous disposons en demi-cercle face à lui, tandis que le maître des lieux manipule de grosses clefs en fer forgé en effectuant des rotations dans des sens différents. Le mécanisme est parfaitement entretenu car aucun bruit ne se manifeste. Finalement, il s'arc-boute pour faire pivoter l'épaisse porte. Et là, apparaît fixée sur un présentoir une grande épée dont la poignée est un chef-d'œuvre d'orfèvrerie ! Au milieu, incrusté dans l'airain, sur un rond en or se trouve un pentacle gravé, identique dans sa facture à celui de la bague que porte Gauvain. Des pierres précieuses sont enchâssées tout autour. Le tout scintille dans la pénombre, les lueurs paraissant venir de l'intérieur du métal.

— Oh, la vache ! s'exclame monsieur le commissaire.

Nous n'en pensons pas moins, subjugués par cette arme venue du fond des âges.

— Je peux toucher ? demande Erwan, intimidé.

— Mais bien évidemment, capitaine, vous ne l'abîmerez pas !

C'est le signal d'une séance de tripotage, sans toutefois sortir l'épée de son support. Personnellement, je suis médusée par la taille de l'objet dont le poids doit être conséquent. Le Roi Arthur était un colosse pour manier Excalibur sur les champs de bataille, ce que confirme l'héritier de ses compagnons.

— Mais vous verrez, Arthur Legrand possède aussi cette stature qui lui permet, lors de manifestations exceptionnelles, de porter aisément cette épée.

— Ah ? Parce que vous organisez des cérémonies particulières ?

— Oui, essentiellement des commémorations… privées.

— Comme lors des réunions des chevaliers de la Table Ronde ? dit Yvon, mi-abricot, mi-melon.

Ben oui, quoi, faut bien changer un peu.

— En effet, et mon oncle les préside. Ce qu'il a l'habitude de faire dans ses fonctions de président du conseil général.

— Mais vous êtes combien de chevaliers autour de la table aujourd'hui ?

— Douze. Treize avec Arthur.

Et allons-y ! Les douze apôtres, les douze travaux d'Hercule, les douze tribus d'Israël, la douzaine d'œufs, la douzième lettre du Tarot, les douze rotations de la lune… À quand les douze enquêtes de la sublime Catia ? La numérologie me gonfle ! On peut lui faire dire n'importe quoi. C'est mon avis et je le partage !

Nous quittons le sous-sol à regret, les yeux encore illuminés par Excalibur. Hector n'est plus là. Il nous suit mécaniquement et je sais que son esprit d'historien et ses perceptions fabuleuses sont mobilisés par cette aventure en rupture avec notre époque. Il est avec le roi Arthur, courant sus aux barbares pictes qui ont menacé Kemper ! Taïaut, taïaut, ô taïaut ! Pourfendez-les, embrochez-les, taillez-les en petites pièces pour le barbecue… qu'est-ce que je raconte…

On ressurgit dans le grand hall d'entrée où Queue-de-pie nous guette, prêt à ouvrir la porte. À moins d'organiser un tournoi céans, on n'a plus rien à se dire avec messire Gauvain. Surtout moi, *of course*.

— Permettez-moi de vous féliciter encore pour la présence de vos deux personnages à quatre pattes. Ce sont des êtres qui dégagent une aura d'intelligence et d'empathie.

Oh, mais il est très bien ce chevalier ! (Pas comme l'autre, suivez mon regard !) Se peut-il qu'il ait perçu nos éblouissantes facultés ?

Les commentaires vont bon bateau lorsque nous prenons place dans la 508. Ce que bafouillent les bipèdes je m'en secoue les pâturons. J'ai hâte de recueillir les pensées d'Hector. Ses premiers mots me déroutent.

— « *D'Octavien puisse revenir le temps :*
C'est qu'on lui coule au ventre son trésor
Ou qu'il soit mis entre meules flottant
En un moulin, comme fut Saint Victor. »

Voyez-vous, Dame de mon cœur, ce poème de François Villon résume bien la situation.

— Heu… oui, mon beau chevalier servant. Toutefois, pourriez-vous être plus explicite ?

— Avec joie ! Villon souhaite que le temps d'Octave, nom du grand empereur romain Auguste, revienne. Or celui-ci a légué à la postérité sa noblesse, et la structure exemplaire de son pouvoir, jusqu'à inspirer le grand roi Arthur cinq cents ans plus tard. Celui-ci, avec ses fidèles chevaliers, a bouté les barbares hors de ses vastes territoires, établissant la paix et la prospérité. Et surtout, le plus remarquable à mes yeux, il a institué l'esprit de chevalerie, avec le respect de la gent féminine, et la défense désintéressée des plus faibles, valeurs qui manquent à ce monde numérisé que je hais. Donc ces chevaliers, que nous visitons fortuitement pour une vulgaire affaire de vol, incarnent malgré tout « Le temps qu'on lui coule au ventre son trésor ». Cela représente céans ma synthèse. Je ne vous parlerai pas de ces ères tragiques après le règne d'Arthur pendant lesquelles les petits rois francs, les Mérovingiens, convertis

au christianisme, et les petits rois wisigoths, s'embrochèrent les uns les autres, et même entre eux, au cours des guerres de Succession. Cependant, ô miracle, les gens de bon aloi savent encore au XXIe siècle ce que représente la conduite chevaleresque.

Je suis frappée, comme souvent, par l'immense culture et la dialectique claire de mon cher ami. Je l'envie avec une pointe de jalousie, je dois l'avouer, moi, la *self-cat-woman* issue des bas-fonds de Botmeur. … Oui, j'en fais trop, c'est vrai. Souvenez-vous que Botmeur est un adorable hameau au bord du lac Saint Michel, où Erwan possède une délicieuse maison ancienne dans laquelle nous allons souvent nous ressourcer. Un éclat de rire tonitruant pulvérise notre échange si intense et de grande qualité.

— Allez ! On y va ! hurle mon flic celte.

Où ? Nous avons zappé, Hector et moi, les borborygmes des bipèdes. Qu'importe, on verra bien.

7
Lancelot Dulac

L'intérêt d'être dans la Peugeot d'Yvon, mon beau saint-hubert et moi, réside dans notre proximité. Je repose contre son grand corps dégageant une douce chaleur.

« Il sentait bon le sable chaud, mon saint-hubert![7] »

Ben non, une forte fragrance s'exhale aussi quand il n'a pas pris sa douche depuis un certain temps. Pour le moment, ça va, je m'habitue à un fumet qui n'est pas trop agressif. Et puis le « Y » de Saint-Laurent, dont Erwan me gratifie avec ses caresses, atténue également l'odeur du canidé. Soyons tolérants. C'est autrement plus supportable que les vapeurs de « petit jaune » que je subis depuis ma petite enfance.

---

7. Parodie de la chanson Mon légionnaire, *paroles de Robert Asso, musique de Marguerite Monnod, chantée par Marie Dubas. 1936.*

L'arrêt brutal du véhicule nous projette vers l'avant. Je dois planter mes griffes dans la banquette pour ne pas tomber. Hector m'écrase un peu en jurant.

— *Ventre-saint-gris ! Je plains la femelle qui supporte les manières de votre collaborateur !*

Connaissant la taupe, je me marre ! Elle n'a que ce qu'elle mérite cette primitive d'Annick ! D'ailleurs, le raffinement lui étant inconnu, la brutalité ne doit pas lui déplaire. Elle doit se faire couvrir sur la table, après le dessert, sans même avoir débarrassé la vaisselle.

— Tout le monde descend !

Ma parole, Erwan s'y met aussi ! Le mimétisme du subalterne copiant son chef ! Ça promet !

— *Venez, mon bel ami. Allons prendre un peu l'air.*

— *Je vous suis, ma tendre amie. Mais j'ai besoin d'aide de la part de votre bipède.*

Bon, ses gestes n'ayant pas la même sécheresse que ses paroles, Erwan prend délicatement Hector par le torse et, attendant que les pattes antérieures suivent, le pose sur le sol. En relevant la tête, le paysage nous émerveille. Une forteresse médiévale de taille modeste occupe un espace dégagé au milieu de la forêt. Étant donné le court trajet que nous avons effectué, j'en déduis qu'il s'agit toujours de Brocéliande. La construction, probablement du XIIe siècle, est entourée de douves en eau. Un pont-levis apparemment en état de fonctionnement permet d'accéder à l'ouverture dans les remparts, dont dépasse une herse dans la partie haute. L'ensemble est impressionnant et les proportions harmonieuses renforcent la notion de noblesse. Ça change du pavillon T4 en parpaings pour lequel, la plupart du temps, les manants ont pris un crédit sur vingt-cinq ans. Pendant ce temps-là, ils n'organisent pas de jacqueries. Quoique…

— *Palsambleu ! Quelle grandeur !*

— *Oui, mon ami, c'est superbe !*

— *À qui appartient cette auguste demeure ?*

— *Je ne sais, nous étions trop absorbés par nos échanges, ô combien enrichissants.*

Le pandore, laissant son berlingot à côté de la 508, prend les devants. Il faut bien s'habituer au rythme d'Hector.

— Il nous attend, je l'ai prévenu hier au soir, lance-t-il à notre intention.

Il ? Le duc ? Le roi ? Le Pape ? Ducon-les-pieds-plats ? Lorsqu'enfin nous arrivons dans la cour, Le Moël frappe sur l'énorme porte du donjon aux pentures titanesques. Les coups résonnent avec écho, se répercutant sur les murs dont les fenêtres à meneaux sont très haut placées, sous les mâchicoulis. L'épais battant s'ouvre et apparaît… Quasimodo… heu… un balèze de deux mètres de haut, le crâne rasé, et la tronche de Lino Ventura version pas sympa.

— Capitaine Le Moël. Nous avons rendez-vous avec monsieur Dulac.

Sans un mot, la brute nous laisse passer mais je sens qu'au moindre incident, nous serons réduits en bouillie, surtout moi, la plus vulnérable. Je me blottis un peu plus contre la poitrine d'Erwan.

Oh ! Quelle chance ! Le cerbère disparaît et un beau jeune homme se précipite à notre rencontre.

— Bonjour ! Je suis Galaad, le fils de Lancelot. Soyez les bienvenus. Venez… Oh ! Le beau saint-hubert et le bel angora européen ! Je suppose que vous ne pouvez pas les laisser dans la voiture ?

— Non, en effet. Cela pose un problème ?

— Pour moi, non. Mais mon père est allergique aux poils de chat. Soyez gentil, ne l'approchez pas.

— J'y veillerai, comptez sur moi, affirme mon homme.

Nous suivons donc Galaad dans les dédales du château, sobrement décoré avec des objets d'époque : torchères en fer, armures sur leur socle, armes diverses présentées sur les murs et quelques coffres cloutés, le tout soigneusement entretenu. Nous pénétrons dans une salle aux dimensions royales ornée de tapisseries et de meubles Renaissance. Dans la cheminée monumentale au linteau armorié flambe un feu illuminant presque toute la pièce. Un homme, les mains jointes dans son dos, se tient devant.

— Je vous présente mon père : Lancelot Dulac.

À notre tour de lui donner notre identité, Erwan ayant soin de me tenir à distance, toujours dans ses bras. Le père est le sosie du fils avec une bonne vingtaine d'années en plus. Tous deux sont grands, les cheveux châtain clair, les yeux bleu foncé. Leurs corpulences expriment force et élégance. Deux belles bêtes si j'ose dire, et j'ose. Lancelot se permet un sourire mutin à mon égard.

— Je vois que mon fils vous a prévenu de mon allergie. C'est d'autant plus stupide que j'aime beaucoup les animaux. Dieu merci, je n'ai pas ce problème avec mes chevaux !

Wahouuuu ! On est tombé chez un smicard de luxe !

— Vous êtes éleveur ? s'enquiert Yvon.

— Oui. J'ai la chance d'avoir de bons étalons. Cette année, deux de mes juments participent aux Jeux Olympiques. Et puis j'ai également des espoirs pour les grandes courses hippiques. Pardonnez-moi mais comment se fait-il que des policiers enquêtent avec leur bête de compagnie ?

Ah, que j'aime ce moment qui risque toujours de déraper en faisant passer mes keufs pour des débiles mentaux.

— C'est tout simple, dit Erwan. Ce sont deux spécimens très intelligents que nous aimons, qui de plus s'entendent parfaitement. Chaque fois que nous sommes sur une enquête a priori sans danger, comme celle d'aujourd'hui je pense, nous les prenons avec nous. Cela peut surprendre mais nous assumons.

— Vous avez bien raison. Nous avons oublié dans notre époque déshumanisée l'importance des animaux à nos côtés.

— *Tu l'as dit, bouffi !*

La voix fluette n'est audible que de nous, les bestioles. Elle provient d'un coussin en tissu posé sur le sol près d'un pilier de la cheminée. Une tête de… je ne sais pas quoi, un yorkshire peut-être, en émerge et nous contemple, hostile.

— *Vous faites comme si je n'étais pas là, d'accord ? Je dors et je n'ai vraiment rien à vous dire !*

Il retombe aussitôt en fermant les yeux.

— *Pffftttt*, lance Hector, *plus ils sont petits, plus leur ego est inversement proportionné ! Ridicule protozoaire*[8] *!*

8. Organisme parasite unicellulaire minuscule.

— *Vous savez, mon bel ami, il en est de même chez les sapiens. Ce sont toujours des petits bonshommes qui achètent des grosses motos ou des énormes voitures. Il faut bien compenser en laissant supposer que leur zigounette est de même taille.*

— *Je vous merde!* s'écrie le microbe qui a tout entendu.

— Asseyez-vous, propose « Lance l'eau du lac ».

Elle est bonne, non ? Tant pis.

Nous prenons place devant l'immense âtre flamboyant. Je reste un peu en retrait sur les genoux de mon bipède, les deux proprios restants debout. Le gendarme ouvre les préliminaires.

— Ainsi que je vous le disais hier au soir au téléphone, mes amis, le commissaire Legal et le capitaine Quéméner de Quimper, sont venus nous aider dans l'enquête sur les cambriolages, sans oublier les menaces de mort à l'encontre du président Arthur Legrand. Vous êtes en rapport avec lui, je suppose ?

— Continuellement. Je suis son bras droit au conseil général.

— Nous nous sommes entretenus avec votre mère adoptive, madame Viviane Tarandro. Elle accuse ouvertement Morgane Magus d'avoir organisé la mise à sac des châteaux appartenant aux... chevaliers de la Table ronde, comme Hector Des Marres, Perceval Le Gallois, Caradoc Freichfras ou Gauvain Legrand.

Lancelot Dulac ne dit rien pendant de longues secondes, préparant l'exposé qu'il va nous soumettre.

— Je pense, Messieurs, qu'après avoir reçu les confidences des amis que vous venez de citer, vous êtes au fait de l'invraisemblable réalité. À savoir que nous perpétuons l'histoire du cycle arthurien, dénommé « légende » par nos concitoyens, et aussi par tous les Européens qui viennent ici en touristes. À mon tour de vous apporter quelques précisions... Vous avez entendu parler de ma liaison avec Guenièvre, l'épouse d'Arthur... C'était il y a plus de vingt ans... Nous étions très jeunes et... comment dire... impétueux! Guenièvre m'a donné un fils, Galaad, celui qui est sous vos yeux... Et puis la vie a continué. Guenièvre est retournée auprès d'Arthur et celui-ci, magnanime, nous a pardonné. Il a eu la grandeur d'âme d'épargner Galaad des mesquineries afférentes parfois à ce genre de situations. Mon fils, aujourd'hui, est bien dans sa peau grâce à cela. Il travaille au Puy du Fou comme cascadeur équestre. Je lui transmettrai plus tard mon haras. Avec Morgane, c'est plus compliqué. Quand Guenièvre a quitté Arthur pour me rejoindre, elle s'est jetée sur lui. C'était une trop belle occasion pour séduire un homme riche et puissant. Il lui a cédé d'autant plus facilement qu'il trouvait dans cette union une vengeance bien compréhensible. Elle aussi lui a donné un fils: Mordred. Mais, à la différence du mien, elle l'a élevé dans la haine de son père lorsqu'Arthur l'a rejetée avant de reprendre Guenièvre... Depuis, les choses se sont calmées... Mais lors de nos réunions périodiques auxquelles il assiste, Mordred nous semble toujours ambigu. Je vais être direct avec vous, Messieurs: quand Arthur a reçu la menace d'avoir la tête tranchée, nous avons tous pensé à lui. À vous, maintenant, d'apporter la preuve de son implication.

— *Tudieu!* gronde Hector.

— *La ferme!* crie la bestiole invisible.

Mon flic celte hoche la tête, visiblement contrarié.

— Pour apporter une telle preuve, il faut constituer une équipe exclusivement attachée aux basques de Mordred Legrand. C'est bien le nom qu'il porte ?

— Non, il a repris celui de la tradition ancestrale : Pendragon.

— Donc Mordred Pendragon doit être suivi, observé, mis sur écoute peut-être, choses que nous n'avons pas le temps de mettre en place. Seul le capitaine Le Moël peut le faire. En revanche, nous irons de concert pour l'entendre, comme nous le faisons depuis deux jours avec votre entourage et vous-même.

— À propos de la tradition, intervient Erwan en riant, qu'en est-il de votre existence au fond du lac avec Viviane Tarandro jusqu'à vos dix-huit ans ?

Lancelot se met à rire, lui aussi.

— Avouez que cette version aquatique donne plus à rêver que celle dans la maison, confortable certes mais sans originalité, que vous connaissez.

— Et vos rapports avec Merlin Lepidus sont bons ?

— Excellents ! Excepté quand il est un peu éméché et qu'il vitupère contre ses adversaires politiques. Sinon c'est un bon maire, qui peut paraître déroutant, mais qui est attentif à la protection et à l'amélioration de sa commune.

— Faites-vous partie du C.I.A. ?

— Bien sûr, comme nous tous.

— *Pas moi ! Et je les conchie !* s'écrie le morpion canidé sans se montrer.

— *Foutre de béjaune !* aboie Hector.

— Que se passe-t-il ? demande Galaad.

— Il a peut-être senti T-Rex, dit Lancelot en indiquant le coussin.

Yvon se lève pour l'apercevoir.

— Ah, c'est très mignon ce genre de chien.

— *On peut pas dire pareil de ta tronche !* commente la bête.

— *Paltoquet ! Gueux de basse-cour !* rugit Hector.

— *Va te faire voir chez les Grecs, débris de fin de race !*

— J'en offrirais bien un à ma femme, enchaîne Yvon, étranger aux insultes.

Hein ? Je rêve ! Une horreur pareille ! Il n'en est pas question ! Même pour cette andouille d'Annick.

— Très bien, Messieurs. Je crois que pour le moment, ce que vous nous avez confié suffit, dit Le Moël en se levant.

Les Dulac nous raccompagnent gentiment jusqu'à ce que Quasimodo prenne le relais. Et nous nous retrouvons devant les guimbardes. Les keufs consultent l'heure.

— Bon, il est midi, on ne va pas faire des heures sup'.

Tiens donc ! Ils ont faim les pauvres petits. C'est important la bouffe ! La bouffe, le pognon, les bagnoles, le foot, les gonzesses. Un programme pour une vie bien remplie !

— *Je ne serai pas contre une bonne gamelle. Qu'en pensez-vous, Dame de mon cœur ?*

— *Oh, vous savez, Hector, moi, ces choses-là…*

Quoi ? Mais oui, il faut bien que quelqu'un garde sa dignité dans ce monde de ploucs ! Si j'ai faim ? Comme le peuple à cette heure-là…

Je vous fais grâce de l'épisode à L'Excalibur où tout le monde s'extasie sur notre présence et fait l'impossible pour nous être agréable, aux trois keufs qui nous accompagnent aussi, bien qu'ils passent après « les bestioles ». Comment ça, ce n'est pas dans ce sens-là ? Et si je le décide, vous avez quelque chose à redire ? Avoir acheté MON livre ne vous donne pas tous les droits.

Le pousse-café à peine ingurgité, se pose la question de la prochaine visite. Morgane Magus s'impose, Merlin Lepidus n'étant disponible que le lendemain matin et Arthur Legrand demain en fin d'après-midi, et encore avec des réserves. Et puis une belle gonzesse, hein, c'est toujours bon à voir, espèce d'obsédés !

8
Morgane Magus

Nous sommes plantés en bas de la butte, effarés du spectacle. Les grands arbres tout autour de nous doivent avoir des griffes terribles afin de pouvoir nous déchiqueter. Il fait incroyablement sombre alors que nous venons à peine de quitter L'Excalibur. Dans la pièce d'eau rectangulaire au bas du grand tertre, se reflète la maison à l'apparence diabolique. Le décor pourrait être celui du beau film de Jean Cocteau, *La belle et la bête*. Ou celui de la méchante sorcière de *La belle au bois dormant*. Deux fenêtres allumées figurent deux yeux qui nous foudroient de leur lueur dangereuse. J'en fais trop ? Venez voir, on en discutera après… À cause d'Hector, on monte la pente jusqu'à la bâtisse avec l'impression d'escalader l'Everest. Le temps de lui laisser reprendre son souffle et Le Moël frappe sur la porte basse munie d'un judas numérique. À peine son index a martelé un coup qu'un homme apparaît dans l'encadrement.

— Vous le voulez voir ?

— Capitaine Le Moël. J'ai téléphoné pour…

— *Yes* ! Entre ! Accolon Simpleton.

Il s'est exprimé avec un accent britannique. Petit, le visage poupin au nez retroussé et aux yeux tristes, les cheveux bien coupés ainsi que la barbe taillée soigneusement, c'est un personnage qui m'évoque un de ceux du film *Le hobbit*, de Peter Jackson.

— Suivez-le moi, *please*.

Au moins, lui n'a pas l'air surpris de voir les « bestioles » et ne fait aucun commentaire. Un bon point. La bicoque à l'aménagement compliqué est surchargée de choses bizarres sculptées, il en émane une atmosphère menaçante. Nous descendons un grand escalier éclairé de torches en bronze équipées de flammes de verre, tenues par des mains humaines moulées en je ne sais pas quoi. Quand je vous parlais de *La belle et la bête*, hein ! je ne pensais pas si bien dire !

— *Quel endroit épouvantable !* grogne Hector, en progressant marche par marche, comme les moines qui grimpent le mont Athos, mais dans l'autre sens.

Nous débouchons dans une vaste salle aux voûtes peu élevées reposant sur des piliers savamment illuminées par des spots encastrés. L'effet en est saisissant. Un espace est réservé à la convivialité, comportant un petit canapé et cinq fauteuils entourant une table basse. Mais cet ameublement est façonné avec des pieds griffus d'animaux passés chez un taxidermiste, et des cornes de buffle pour les sièges. Le plateau en verre de la table est soutenu par un énorme python empaillé sortant sa langue fourchue. Debout, immobile, Morgane nous observe tandis que nous nous approchons. Il faut que je fasse un gros effort pour vous la décrire avec précision. Sa tête est un mélange des visages d'actrices américaines célèbres : Ava Gardner, Lauren Bacall et Lise Taylor. Une beauté sulfureuse, sensuelle, somptueuse comme toute sa personne. Sa haute silhouette est mise en valeur par une robe rouge flamboyant, fendue sur un côté, ce qui laisse entrevoir une jambe qui pourrait être celle de Cyd Charisse. Quoi ? Vous ne savez pas qui c'est ? Allez voir sur Internet ! Le décolleté profond est agrémenté de chaque côté par deux obus comme ceux du cabriolet Buick Century 1955… à l'avant. Vous ne connaissez pas non plus ? Désespérant…

Ses yeux verts évoquent forcément ceux d'une diablesse et sa chevelure rousse flambe autour du visage. Sa bouche a dû précipiter en enfer tous ceux qui avaient fait vœu de chasteté. Son sourire nous aspire plus efficacement qu'un aspirateur Dyson, surtout les mâles.

— Bonjour, Catia, bonjour, Hector. Capitaine Le Moël, commissaire Legal, capitaine Quéméner, soyez les bienvenus.

Hein ? Ah, oui, c'est vrai ce que disait Des Marres (au quart de tour, ha, ha, ha !), qu'elle était soi-disant dotée de pouvoirs magiques ! Et puis quoi encore… Ah oui, qu'elle devait avoir soixante-dix balais ! Mon œil ! Je lui attribue entre trente-cinq et quarante ans, et encore. Sa voix est un philtre pour le son afin d'ensorceler tout ce qui passe à vue d'oreille. Je commence à comprendre pourquoi aucun de nos visités ne lui a résisté ! Un coup d'œil à mes accompagnateurs me renseigne illico : ils sont déjà privés de tout sens critique. Hector tire la langue, les autres aussi, mais subjectivement. Heureusement, je veille ! *My name is Catia !* D'ailleurs, nous nous défions du regard un bon moment, Morgane et moi.

— Le voulez-vous *a whisky* ? propose Accolon. J'ai un merveille qui le vient d'îles ARAN.

Oh que ça m'énerve ça ! Les rosbifs peuvent vivre cinquante ans chez nous sans parler correctement le celte, euh… le gaulois. Faut dire qu'ils ont déjà bien envahi notre langue.

— Avec plaisir !

Telle est la réponse unanime de la flicaille imbibée. Le Simpleton n'a pas l'air non plus d'une éponge à Vittel.

— Je savais que vous viendriez me voir, après toutes les horreurs que mes voisins ont dû répandre pour salir ma réputation.

Elle guette sur nos visages la moindre expression. Enfin, surtout le mien car les mâles la contemplent hallucinés et concupiscents. Quoi ? Mais si, les deux adjectifs peuvent cohabiter.

— Tous les reproches adressés à ma personne proviennent de gens jaloux, néfastes, qui ne me pardonnent pas ma situation aisée, due en grande partie à mon cher mari, et aux dons que Dame Nature m'a accordés. J'avoue avoir eu la faiblesse, autrefois, de céder aux avances de quelques nobliaux locaux. C'étaient des erreurs de jeunesse que mon tempérament me poussait à commettre. Qui n'en a pas fait ? Alors, quand les cambriolages ont commencé, il leur est venu à l'esprit que l'auteur de ces méfaits ne pouvait être que moi. Un prétexte commode pour se venger de leurs frustrations. Car ces messieurs ne vous l'ont pas avoué, bien entendu : ils me harcèlent toujours sans aucune discrétion. Je suis la traînée de service, pourquoi se gêner ? Ils prennent aussi grand plaisir à entretenir cette rumeur. Avec, pour faire joli, des suspicions de sorcellerie… Cela ne vous rappelle rien ? Comme ces potentats du clergé, au temps de l'inquisition, qui envoyaient au bûcher toutes celles qui ne cédaient pas à leurs avances, ou aux avances de ceux qui les dénonçaient comme sorcières… Pour ma part, le tribunal a substitué au bûcher un an de prison avec sursis pour la jeune femme que j'étais parce qu'Hector Des Marres, devenu mon amant, m'avait trompée sur son âge. Il avait dix-sept ans. C'était un garçon superbe qui me faisait la cour avec assiduité, pour ne pas dire avec acharnement. Le père, une vieille connaissance, n'a pas supporté que son fils prenne sa succession à mes côtés. Sa mère en a profité pour se venger en portant plainte, m'accusant de détournement de mineur. Voilà une version qui ne doit pas correspondre à la leur… Ah, je vois que Catia doute de mes dires !

Comment ? Mais elle lit dans ma tête, ma parole ! Elle éclate de rire.

— Je plaisante bien sûr !

Et ces demeurés de rire aussi ! Ah, elle les tient bien sous sa coupe, la Magus. Je vais leur ajuster les bretelles dès que je le pourrai à ces *droch*[9].

— Je crois que monsieur Le Gallois vous a créé des ennuis également, avance timidement le pandore, oubliant complètement l'entrevue avec celui-ci.

---

9. Demeuré, ravi, attardé, en breton. Redondance de Catia voulant démontrer ses aptitudes bilingues.

Mais quel minable! Parle à plat ventre, la prochaine fois, taré!

— Ne m'évoquez pas cet ivrogne! Je ne comprends toujours pas comment j'ai pu le fréquenter. Un radin qui ne pensait qu'à son vin. Je n'arrivais pas à m'en débarrasser. Il me faisait du chantage au suicide après notre séparation, et quand il était ivre, ce qui était courant, il ameutait mes voisins en pleine nuit, klaxonnant sans discontinuer. J'ai fini par déposer plainte contre lui. Mais ça, on ne vous l'a peut-être pas dit. En revanche, quand vous rencontrerez Arthur Legrand, ce que vous avez sans doute prévu, essayez de faire en sorte que son épouse Guenièvre ne soit pas présente. Arthur a été le grand amour de ma vie... Ne sois pas choqué, Accolon, tu sais bien qu'il n'y a que toi qui comptes aujourd'hui, *darling*[10].

On l'avait oublié le Simpleton. Il est là, derrière nous, avachi dans un fauteuil, sirotant son *simple cask*[11]. L'œil rivé dans le vague, je ne suis pas sûre qu'il ait écouté quoi que ce soit.

— D'ailleurs, reprend la créature démoniaque... heu... Morgane, nous sommes restés en excellents termes, ne serait-ce que pour notre fils Mordred. Nous nous partageons pour les vacances notre propriété de l'île d'Avalon depuis toujours. Lancelot et Galaad y viennent régulièrement. Nous avons à cœur que tout se passe bien, ne serait-ce que pour faire taire les commérages.

Ouais, tu parles! Ce serait plutôt le résultat inverse! « À Avalon, on baisouille tout du long! »

---

10. Chéri, en anglais.

11. Whisky qui ne provient que d'un seul fût chez les Celtes d'Irlande.

Oui, je sais, j'ai un mauvais fond... Les keufs se secouent. Ils en ont bien besoin. Hector s'est assoupi, rêvant de chevalerie, comme d'habitude.

— Que pensez-vous du couple Tarandro-Lepidus ?

La question de monsieur le commissaire n'a pas l'air de plaire. La fée se fend d'un faible sourire fanfaron. (Et si ça m'amuse, moi, les allitérations ?)

— Vous jugerez par vous-même, commissaire. Vous connaissez déjà Viviane, la pire mythomane qui puisse exister ! Elle passe son temps en ragots, délations, affabulations, auprès d'une clientèle crédule qui lui achète ses remèdes de perlimpinpin ; ou lui demande de jeter des sorts quand ce n'est pas de deviner l'avenir qui, évidemment, ne peut être que radieux. C'est cent euros, merci. Son mari Merlin est à ses pieds, complètement aveuglé par l'amour qu'il lui témoigne inconditionnellement. Mais je ne voudrais pas que vous me qualifiiez de mauvaise langue...

— Heu, non, il n'en est pas question. Vous...

Hein ? Que se passe-t-il ? OHHHHHH ! Assise devant les keufs elle a lentement croisé les jambes, comme Sharon Stone dans le film *Basic instinct*. Nom d'un tigre ! Ils vont avoir un infarctus ! Vite ! Samu, pompiers, secouristes, exorcistes, anesthésistes, hypnotiseurs, la police va mal et se trouve mal !

— Oui ? Que vouliez-vous dire, commissaire ?

— Je... Je ne sais plus. C'est sans importance.

Dommage que je ne puisse la photographier autrement que mentalement. Son expression est celle de Cruella d'Enfer contemplant trois de ses dalmatiens et un... saint-hubert !

— Mais si. Je suis sûre que vous vouliez vous enquérir de mon parti politique, le F.B.I.

— Ah, oui, c'est vrai ! Vous lisez dans mes pensées, Madame !

— Bien sûr ! On ne vous avait pas prévenu ?

Et elle émet un rire d'une élégance irrésistible, comme toute sa personne. Enfin, ça dépend de ce qu'on veut en faire… Pour les œuvres de la paroisse, c'est raté. En réponse, rires empressés de la maison poulaga. Ils sont fin prêts pour attaquer la Banque de France si elle leur demande, ou plutôt si elle l'exige. Tiens ! Elle me jette un coup d'œil dans lequel je déchiffre clairement : « *Toi, si tu bouges, je te fais ta fête.* »

Pour la première fois de ma carrière de chatte policière, ô combien brillante, je me sens mise en échec. Comment procéder pour confondre ses maléfices qui prennent la forme de cambriolages ? Je ne peux que compter sur moi et éventuellement mon beau chevalier croulant. Les autres sont vendus à l'ennemi.

— La création de Forêt-Brocéliande-Immortelle, reprend la fée (lonne, elle est bonne, non ?), s'est avérée une nécessité pour contrer ces messieurs et dames du C.I.A. à l'appétit de conquête démesuré. Devant la mise à sac programmée de notre département, je n'avais pas le choix. Avec de fidèles amis, nous avons donc mis au point ce parti qui a immédiatement connu un vif succès.

— Je croyais que vous étiez en bons termes avec Arthur Legrand, qui lui est un membre puissant du C.I.A., glisse timidement Erwan.

— On peut être adversaire en politique tout en se respectant, vous ne croyez pas ?

Ah, je me marre ! Allons-y pour les peaux de bananes, les coups tordus, les allusions perfides ! C'est un festival ! « *Les ambitieux qui s'asticotent sur les ondes publiques, vents publics, vents publics, en s'disant des injures pathétiques, ont parfois des gueules sympathiques*[12] *!* »

Enfin, ce que j'en dis, moi… C'est du pipi de chat ! Oh, je ne l'ai pas fait exprès !

— Vous avez raison, Madame, nous sommes en démocratie, valeur sacrée en ces temps troublés. Puis-je me permettre de vous demander votre profession, si vous en avez une ?

— Oui, je suis agent immobilier spécialisé dans les demeures d'exception. Comme mon mari, mais lui pour la Cornouaille anglaise. Ce qui nous permet des échanges fructueux entre nos deux pays.

— Mon femme se la débrouille *very well* ! Elle experte pour belles choses que la vende !

Accolon le émerge la coma éthylique se affirmer toujours vivant il est !

God damn it[13] *!* Encore cinquante ans, mon pote, et tu parles sans fautes !

— Il est temps de ne plus vous importuner davantage. Merci de votre accueil, c'était un vrai plaisir de vous rendre visite, Madame.

Et le monsieur Accolon, non, peut-être ?

Le Moël se soulève de son siège en guettant, comme mes deux salopiauds, le mouvement de la robe de Morgane qui va glisser quand elle va se lever à son tour. Ce qui finit par arriver. Il faut rappeler les secours… pour réanimer les keufs une seconde fois !

---

12. *Pastiche de la chanson de Brassens :* Les amoureux des bancs publics.

13. *Bon Dieu ! en anglais.*

— C'était un plaisir partagé, Messieurs. Notre maison vous est ouverte à votre convenance… Réveille-toi, mon bel Hector, ordonne-t-elle au saint-hubert parti en rêve à Jérusalem.

Hein ? Il obéit instantanément sans exprimer le moindre commentaire et me regarde tout guilleret.

— *Eh bien, partons, ma mie. Je savoure d'avance le repas du soir en votre noble compagnie !*

Voilà ! Elle l'a ensorcelé lui aussi ! L'endroit n'est plus épouvantable, il n'a plus d'appréhension, tout baigne ! Comment vais-je continuer mon enquête dans ces conditions ? Un débriefing musclé avec ces ramollis s'impose ! En dehors de la présence du pandore, qui est à l'évidence entièrement acquis au parti de Morgane. C'est la première fois que je suis confrontée à un adversaire de cette force. Je n'ai pas Boutier[14] à mes côtés pour rétablir l'équilibre. Peut-être pourrais-je piquer la baguette magique de Merlin le lendemain matin, s'il en a une, et me transformer en puissante sorcière aux pouvoirs extraordinaires… Comment ? Vous voulez que je me transforme en quoi ? En grenouille ?

Dès notre arrivée dans notre chambre à La Maison des Légendes, je tourne en rond avec insistance jusqu'à ce qu'Erwan comprenne que je réclame ma tablette. Il en est encore à rêver de la sensuelle apparition et il faut que je lui plante mes griffes dans le pantalon pour souligner l'urgence de mes conclusions.

— Oh, oui, ça vient ! Ne sois pas si impatiente !

Ben voyons, Ducon, on n'est pas pressé, on est en vacances ! Faut profiter… au rythme des Suisses…

---

14. Caporal-chef du commissariat de Quimper, admirateur de Catia.

Tranquille, on bande… à Brocéliande… Je me jette sur ma tablette !

— Erwan ! Je trouve inadmissible votre attitude chez Morgane ! Elle vous a entortillés d'une manière honteuse en jouant de sa séduction corporelle. Vous vous êtes laissé dominer par cette femelle venimeuse comme tous les autres dont elle a profité sans vergogne. Mais eux, au moins, se sont échappés de ses sortilèges. Je te rappelle que non seulement il y a un pillage planifié avec soin des biens de tous les membres du C.I.A. mais qu'en plus, il y a menace de mort sur la personne d'Arthur Legrand. Nous sommes là pour seconder le capitaine Le Moël et j'estime que vous avez perdu de vue le but de votre mission. Je subodore une vaste entourloupe dépassant de beaucoup le conflit apparent entre Morgane et les soi-disant Chevaliers de la Table Ronde, qui, à mon avis, ne sont pas très nets ! J'aimerais bien qu'Yvon et toi repreniez votre objectivité. Je me charge d'Hector, bien entendu, qui lui non plus ne réalise pas bien l'ampleur des faits. Merci de faire part à Yvon de mon point de vue. Ron-ron et câlins de ta Catia.

Le sapiens est apparemment atteint par mes arguments. Il hoche la tête et se saisit de son portable.

— Yvon ? Tu peux venir, s'il te plaît… Oui, c'est important.

L'autre canidé, qui entend ce qu'il veut bien, sort de sa torpeur.

— Que se passe-t-il, ma mie ?

— Nous allons faire avec Yvon une synthèse de ce que nos protagonistes nous ont exposé. Il serait bon, mon cher ami, que vous soyez attentif. Nous aurons besoin de votre avis.

— *Vous me flattez, belle dame. Vous êtes aussi enjôleuse que Dame Morgane, et ce n'est pas peu dire !*

Mais qu'est-ce qu'ils ont tous avec les femelles ! Incroyable ! N'oubliez pas que lorsque les petites pulsions de ces individus sont satisfaites, une partie des mâles leur tape dessus ou les traite comme des serpillières ! Debout les gonzesses ! On les aura ! … Qu'est-ce que je raconte…

Yvon entre dans la chambre et mon homme lui tend ma missive. Lui aussi hoche la tête après lecture. Normal, vous ne disposez pas de beaucoup d'expressions pour traduire vos sentiments…

— Tu as raison, ma Catia. On s'est laissé embobiner par cette beauté exceptionnelle. Tu ne sais pas ce que c'est, toi, ce genre de réaction.

C'est ça, prends-moi pour une demeurée ! Comme si je ne savais pas que votre zigounette se permettait un comportement indépendant de votre raisonnement ! Les réflexes de Pavlov adaptés au sexe, en quelque sorte…

— Je vais commencer par un résumé de nos auditions.

Pour la première fois depuis que nous avons débarqué en ces lieux, môssieur le commissaire se concentre.

— Un consensus est établi pour tout le monde, y compris Viviane Tarandro, afin d'accuser Morgane Magus d'être non seulement l'instigatrice des cambriolages, mais aussi une femme nocive, à la conduite scandaleuse, d'une grande malhonnêteté. Pour le moment, nous n'avons aucune preuve de ces assertions. De même qu'il nous est impossible de vérifier sa version, tout aussi plausible. Je ne comprends pas non plus la signification des petits chats noirs laissés en signature sur les lieux cambriolés. Quant à la menace « Tu auras la tête tranchée » adressée à Arthur Legrand… c'est impensable ! Si mon ami le capitaine Le Moël n'avait pas enregistré la plainte et montré les preuves avec les lettres collées d'un grimoire du VIe siècle pour former le message… je ne l'aurais pas cru… et rangé aussitôt dans le tiroir des mauvaises blagues. Enfin, la version des Chevaliers de la Table Ronde traversant les siècles… J'ai du mal… Si je n'avais pas contemplé comme nous tous l'épée Excalibur… là aussi, j'aurais fortement douté ! Mais… même cette preuve ne me suffit pas. J'ai hâte de rencontrer demain Merlin Lepidus et Arthur Legrand. Pour celui-ci, aucune suspicion : il est bien président du conseil général. Pour les autres… J'ai la parole d'Alain Le Moël… Pourquoi ne pas le croire ? On ne va pas vérifier derrière lui… Voilà ! À toi, Erwan.

Oh, que je suis contente !

Mon flic celte a recouvré ses esprits. Je m'en veux de l'avoir suspecté d'un manque d'objectivité alors que nous sommes sur la même ligne de réalisme. Bon, il faut bien admettre qu'une très belle gonzesse peut perturber gravement la virilité des vrais mâles… Soyons indulgents ; tout le monde ne peut pas avoir ma force de caractère.

— J'ai à peu près la même vision que toi, commence Erwan. Mais il y a un personnage qui me dérange : Caradoc Freichfras… Il est trop authentique pour nous avoir menti sur quoi que ce soit… Il a eu une aventure avec Morgane, autrefois… Bon, et alors ? Il est issu d'une vieille famille dont il porte encore le nom… ce n'est pas impensable. À mon sens, son témoignage est fiable.

— Et ces gens qui possèdent tous un beau château, ça ne te gêne pas ?

Erwan crispe sa bouche, signe chez lui que tout n'est pas en ordre.

— Si, bien sûr… Mais… pourquoi pas ?

9
Merlin Lepidus

La secrétaire de mairie qui nous reçoit ne peut être que la fée Carabosse, ou la belle-mère de Blanche Neige déguisée qui vient lui donner la pomme empoisonnée.

— Veuillez laisser vos animaux dehors, aboie-t-elle à notre entrée.

— Police ! rétorque Yvon, carte tricolore brandie.

— C'est pas une raison, continue l'acariâtre.

— Oh que si !

— Bonjour, madame Pinson, fait Le Moël d'un ton sirupeux.

— Ah, vous êtes là aussi !

— Nous venons voir monsieur le maire. Merci de faire une exception pour les animaux de mes amis, ils ne supportent pas d'être seuls.

— C'est bien pour vous être agréable, monsieur Le Moël, mais le maire ne sera pas content !

— Et pourquoi je ne serai pas content, Éloïse ?

Une voix de trompette alto retentit dans notre dos. Nous nous retournons d'un bloc et nous retrouvons face à un étrange petit homme. Ses yeux pétillent de malice derrière ses lunettes rondes. Son haut front proéminent, ses longs cheveux blancs qui bordent un visage aux traits marqués, son nez un peu crochu, m'évoquent irrésistiblement Panoramix, le druide de la bande dessinée *Astérix et Obélix*. Il est habillé d'un costume en tissu prince-de-galles et porte une grosse cravate noeud-papillon rouge tranchant sur un col de chemise blanc démesuré. Un léger manteau long gris pâle l'enveloppe tel un nuage flottant.

— Ah ! Alain ! Vous êtes escorté par une escouade de la SPA ?

— Bonjour, monsieur le maire. Non, ce sont des amis policiers qui n'ont pas pu faire garder leurs bêtes, très bien dressées par ailleurs.

— Cela me paraît évident de la mer ![15] Vous venez encore pour les cambriolages ?

— Oui. Peut-on en parler ?

— Heu… Suivez-moi, je ne voudrais pas qu'on vous voie passer avant tout le monde.

Logique. Le hall est plein de gens qui attendent de voir leur élu afin de lui exprimer leurs doléances tragiques habituelles ; à savoir les gouttes d'eau provenant de chez la voisine du dessus qui arrose ses fleurs, ou le chèvrefeuille de ce salaud d'à côté qui ose passer à travers la clôture grillagée. Ou bien cet horrible sale gosse, en face, qui joue avec ses non moins vilains copains en poussant des cris. Pas étonnant quand on connaît les parents !

---

15. Mauvais jeu de mot ! Allusion au film Les dents de la mer.

Éloïse nous ouvre une petite porte cachée dans la boiserie habillant les murs. Son regard réprobateur nous suit jusqu'à ce qu'elle nous enferme. Le Moël nous présente alors plus civilement.

— Merci de venir nous aider, Messieurs, dit le maire aimablement. Ma femme m'a fait part de votre visite chez nous. Elle était enchantée de votre compagnie animalière. Selon ses dires, elle n'a jamais vu un chat et un chien de cette qualité ! À croire que ce sont des humains transformés par un mauvais sort. Un sort de la marque « Tilège » ! Ha, ha, ha ! Bon, alors, vous avez une idée de ce qui se passe, ou une piste sérieuse ?

— Une idée peut-être. Une piste, non, déclare Yvon. Et vous ? Morgane Magus vous apparaît-elle aussi comme l'instigatrice des cambriolages ?

Je sens mon flic celte tendu, peu sensible à l'humour décalé de Merlin Lepidus. Qui n'en a cure.

— Je sais ce que mes amis vous ont raconté au sujet de Morgane. Je suis le seul à ne pas avoir succombé à ses charmes pourtant extraordinaires. Viviane et moi sommes trop amoureux l'un de l'autre pour avoir une relation extraconjugale, même passagère. Et puis, Morgane a travaillé avec moi lorsque j'ai créé mon entreprise de farces et attrapes. Elle était très douée commercialement et vendait les produits en augmentant régulièrement nos parts de marché. Elle avait appris des tours de magie, ce qui facilitait la décision d'achat des clients, séduits par ses démonstrations. Nos rapports se sont détériorés après sa rupture avec Arthur Legrand. Arthur est comme un fils à mon égard. Je l'ai formé à la politique et je me suis investi totalement pour la création du parti, le C.I.A., qu'il préside actuellement. Nous avons œuvré aussi de toutes nos forces pour son élection à la présidence du conseil général. Donc, quand Arthur s'est séparé de Morgane celle-ci a mobilisé son énergie pour se venger. Elle a quitté ses fonctions au sein de ma société, fondé son propre parti, le F.B.I, et est devenue agent immobilier de luxe, grâce à son mari, Accolon Simpleton, déjà bien implanté dans ce domaine. Maintenant… nos relations sont distantes, certes, mais nous nous estimons, et si nous devons nous entretenir d'un sujet quelconque, cela se fait sans animosité. Quant aux accusations portées contre elle… il est possible qu'elle soit responsable de tout ce bazar… mais je n'en suis pas convaincu, poil au menton !

Ah ! Première version divergente de l'unanimité ! Morgane n'est plus la salope de service, ayant humilié ces pauvres bipèdes qui l'ont rejetée brutalement ! À mon avis, elle n'est pas un parangon de vertu, mais ce n'est peut-être pas non plus la traînée dont on nous a forgé l'image. Facile chez vous autres de jeter l'anathème sur ces pauv' gonzesses ! La vérité est que je ne sais plus trop quoi penser… Seule certitude : Merlin ne se l'est pas faite ! Un bon point ! Oh… Qu'est-ce qu'il est en train de faire ?

— Et hop, et hop, et hop !

Il a saisi un gros encrier sur une table, le jette en l'air, le rattrape… et le fait disparaître.

— Ah, ce n'est pas bien de voler l'administration quand on est policier !

Il plonge la main dans le blouson d'Erwan et la retire avec l'encrier dedans.

— Ha, ha, ha, ha, je vous ai bien eus !

Ça rit mollement chez la flicaille.

— *Autrefois*, me susurre Hector, *il y avait toujours un bouffon patenté à la cour du Roi. C'était le seul autorisé à se moquer de son souverain. Quand il était trop insolent, il perdait la tête ! Arf, arf, arf !*

— Pourtant, reprend Yvon, votre femme est persuadée de la culpabilité de Morgane.

— Je sais, je sais, faut bien les laisser penser ces petites bêtes-là. Sans ça, on nous taxerait de machistes !

Hein ? Rêverais-je ?

Ces saligauds ricanent ! La plaisanterie leur convient !

— Soyons sérieux. Il faut vraiment que vous découvriez qui se cache derrière ces exactions. Mes concitoyens s'en amusent parce que cela touche des gens riches. Enfin... ceux qui ont bien voulu en parler avec moi, mais cela risque de donner une très mauvaise image de notre territoire si privilégié, à la réputation internationale. Les touristes commencent à remplir nos établissements, et nous nous en réjouissons. Ce serait dommage de gâcher cette ambiance... magique. Et hop !

Cette fois c'est le portefeuille d'Yvon qui apparaît dans la main de Merlin. Il le lui tend avec un sourire en coin.

— Ne laissez pas traîner vos affaires, commissaire. Notez que je n'ai pas fouillé dedans.

— Bravo ! Je ne me suis aperçu de rien. Vous êtes vraiment très adroit !

— Je n'ai pas de mérite. Avant de démarrer ma chaîne de magasins j'étais prestidigitateur. Je gagnais ma vie en exerçant dans des cabarets ou des salles de spectacles. Malheureusement, je ne peux pas faire disparaître la paperasse qui nous submerge, même dans sa forme virtuelle. Vous devez en être victimes, vous aussi, non ?

— Hélas ! dit le chœur des flics redevenus synchrones.

— Eh oui ! Nos énarques veulent nous clouer devant nos ordinateurs, non seulement pendant la journée professionnelle, mais aussi pendant nos heures de loisir. Plus de discussions, plus d'échanges enrichissants, même plus de disputes : des mails, des mails, et des clics ! On va devenir des zombinateurs ! Remarquez que je peux me tromper. « Tout le monde peut se tromper, dit le hérisson en descendant de la brosse à habits ». Ha, ha, ha, j'aime !

Moi aussi, mais les keufs moins. Normal, on n'est pas là pour rigoler.

— *Je n'ai pas bien compris,* me murmure Hector.

— *Ce n'est pas grave, très cher, je vous expliquerai ultérieurement.*

— Permettez-moi de vous quitter, Messieurs. Le devoir m'appelle. Le vôtre aussi, je pense.

— Oui. Nous reverrons-nous bientôt ?

— Évidemment, capitaine. N'hésitez pas à me téléphoner en cas de besoin. J'aurai toujours le temps de vous répondre.

Le maire s'en va d'un pas énergique, me suggérant le personnage de Joyeux, l'un des sept nains de Blanche Neige. Avec l'employée de mairie, Eloïse-Carabosse, le casting du remake se remplit.

L'entrevue avec Lepidus ayant été rapide, nous avons du temps libre avant le déjeuner.

— Ça vous dirait de…

Le Moël est interrompu par la sonnerie de son portable.

— Capitaine Le Moël. À qui ai-je l'honneur? Ah... Oui... En effet... À quelle heure... Oui... C'est tout à fait possible... Merci de votre appel... Oui, à tout de suite.

Il remet son appareil dans sa poche.

— Arthur Legrand ne peut pas nous recevoir cette après-midi. Il nous invite à un cocktail à dix-neuf heures, à la salle polyvalente de Plélan-le-Grand. Il nous propose aussi de rencontrer son épouse dans sa demeure habituelle à quatorze heures. Vous êtes d'accord?

« Sans problème », clame le chœur bien connu, sauf les voix des bestioles, ça ferait désordre.

— Bon, je confirme.

Il ressort son portable, transmet notre assentiment, enfin... celui qui convient. Je suggère qu'on vous greffe un téléphone directement dans l'oreille. On gagnerait du temps. Comme avec l'ordinateur: à la place de votre cerveau! On ne se rendrait pas compte de la différence. Ou plutôt si: les bugs ne seraient plus les mêmes, encore plus incohérents, et il n'y aurait plus de manifs dans les rues! Ce serait une époque calme et soumise, le rêve... Qu'est-ce que je raconte...

— Alors, si ça vous tente, on peut encore aller visiter la Forêt de Brocéliande. J'aimerais vous montrer la fontaine de Barenton...

— Parfait, merci, Alain.

— On te suit.

Tiens, pour une fois, ils ont repris leur autonomie. Je veux dire qu'ils arrivent à penser chacun de leur côté.

— Vous laisserez votre vieux toutou dans la voiture car il faut crapahuter un peu. Pour le chat…

— Je la porterai. Elle adore se promener dans mes bras.

Ben voilà, tout est dit. Hector est soulagé.

— Je bénis le ciel de côtoyer des bipèdes compréhensifs !

— C'est bien la moindre des choses qu'on prenne soin de votre auguste personne !

— Arf, arf, arf! Vous me la baillez belle, ma mie.

Il a perçu ma note d'humour ! Décidément, c'est un jour à marquer d'un astérisque sur ma tablette !

La D38 entre Plélan et Paimpont est une hallucination enchanteresse. Les grands arbres forment un tunnel de verdure au-dessus de l'asphalte. « C'est un passage, un pont entre deux mondes, l'un végétal, l'autre humain », comme l'écrit Viviane Feudieu-Daniel dans le beau livre *Lumières de Brocéliande* qu'elle a édité avec les superbes photos de Philippe Mauguin. Ils l'ont offert à mon homme, je le regarde très souvent. Plus que lui, trop accaparé par sa famille et son boulot.

Première pause obligée : la contemplation de l'abbaye de Paimpont, là-bas, au bord du grand étang. Hector s'est endormi, et l'éther magique qui nous entoure, n'est troublé que par ses ronflements. Ce qui fait rire les keufs, incapables d'apprécier autre chose que les travers des situations. *Ginaouek !*

Yvon gare son engin sur le parking de la fontaine, près du panneau indiquant le chemin à suivre. « *AU PAYS DES FÉES, la fontaine de Barenton* » est inscrit sur le bois. Un autre panneau de couleur rouge aux lettres blanches, que nous ne lisons pas, raconte aux touristes les légendes du lieu. Nous sommes des autochtones, des bretons-têtes-de-cons ! Pas besoin de baratin, on connaît ça par cœur, surtout moi. Le chemin est tellement beau que plus un mot n'est prononcé par mes bipèdes, enfin atteints par cette magnificence. Ça repose ! Je n'ai pas assez de tous mes sens pour me laisser pénétrer par cette lumière chargée de tant de mystère. C'est d'une force prodigieuse qui nous emporte au-delà du réel. Il n'y a pas que l'héritage intellectuel pour nous influencer dans cette sensation. La nature, ici, est créée par une ou plusieurs divinités, bien étrangères à notre pauvre condition terrestre. Nous arrivons à la fontaine. Surgie des entrailles de la terre, enchâssée dans un écrin de pierre, elle écoule ses eaux limpides en un ruisseau qui va, serpentant entre les arbres, lesquels saluent respectueusement ce phénomène humidifiant leurs racines. Viviane, la vraie fée, a rencontré son Merlin à cet endroit. Ils se sont revus souvent, lui changeant d'aspect selon ses humeurs, elle devenant éperdument amoureuse alors que, à mon avis, il n'y avait pas vraiment de raison. Mais « Le cœur a ses raisons que la raison ignore ». Merci Blaise. Comment qui ? Mais Blaise Pascal, l'inventeur de la brouette ! Arf! comme dirait Hector. On médite un instant. Je suis bien dans les bras de mon homme, je sens son cœur battre à travers ses vêtements. Un instant de paix dont la sérénité m'impressionne. Je crois apercevoir là-bas, assis sur un rocher, Cernunnos, le dieu celte de la vie, revenu du royaume des morts, qui m'adresse un geste amical de la main. Je lui envoie en retour un clignement de paupières : message reçu !

Veille bien sur cette merveilleuse forêt, lui signifié-je.

Demi-tour, c'est bientôt l'heure sacrée du déjeuner. Adieu le mythe, vive la bouffe ! Je ne peux même pas manifester ma désapprobation, c'est trop minable ! En revanche, Hector est tout heureux de notre retour. Debout sur la banquette arrière de la 508, sa queue bat la charge de Reichshoffen, célèbre musique militaire. Erwan le fait descendre pour une petite pause-pipi.

— *Ah, cornegidouille, cela fait du bien* ! dit-il en levant péniblement la patte.

Il n'y a pas si longtemps, il ne pouvait pas. Les progrès sont notoires, grâce à moi qui l'oblige à marcher. Eh oui, les vieux, faut les pousser, sinon ils se laissent aller ! Fainéants !

10
Guenièvre Legrand

On peut être un grand roi, doté de puissance, de richesses, ayant conquis la gloire par son courage et son intelligence, avoir à ses côtés une épouse à la beauté rayonnante, et d'un seul coup se sentir anéanti par la venue d'un godelureau qui séduit par sa simple apparence ladite beauté. C'est d'une injustice ! « On n'y peut rien, c'est la nature », disent ceux à qui ça n'arrivera jamais. « Si c'est arrivé, il y avait bien une raison », disent ceux qui n'imaginent pas que ça peut leur arriver. Bref, le puissant roi Arthur s'est fait choper sa reine Guenièvre par ce salopiaud de Lancelot, un de ses meilleurs chevaliers. On peut aussi penser que les gonzesses étant ce qu'elles sont, la Guenièvre, un peu délaissée par son Jules en train de guerroyer je ne sais où, s'est sentie titillée par ce beau mâle et le lui a fait savoir. « Montre-moi ton petit oiseau, et je lui lustrerai les plumes », par exemple. Et puis après un certain temps, on s'aperçoit finalement que c'est toujours pareil. Que bon, après tout, le petit oiseau du Roi n'était pas si nul, et qu'une fois qu'on a aéré la pièce on peut refermer la fenêtre. Surtout que le Roi, pas con, avait laissé la porte entrouverte, conscient des faiblesses et des turpitudes de la nature des bipèdes. Ils sont comme ça les grands esprits dont je fais partie sans aucun doute.

Mais quand nous sommes face à Guenièvre Legrand dans son salon aux meubles vernis recouverts de napperons, aux murs habillés de papiers à fleurs aux couleurs criardes, mon image de la légende arthurienne s'écroule lamentablement. Guenièvre, selon moi, ne pouvait être qu'une déesse longiligne à la chevelure blonde étincelante retenue par un bandeau incrusté de pierres précieuses, vêtue d'une longue robe vaporeuse dont la ceinture marquait une taille gracieuse. Ses traits aristocratiques dominés par des yeux bleus immenses à l'expression envoûtante devaient personnifier un pouvoir de séduction irrésistible. La petite brune qui nous reçoit, sans être dénuée de féminité, s'apparente à un personnage de film italien tourné par Dino Risi. Ses gestes sont vifs, sa démarche sautillante et sa robe trop moulante ne laisse rien ignorer de ses formes appétissantes… pour les mâles, j'entends. Le capitaine Le Moël qui la connaît fait les présentations.

— Leurs pattes sont propres ? dit-elle avec un geste du menton dans notre direction.

Sans un mot, Erwan se saisit d'un mouchoir et essuie nos huit pattes consciencieusement. Puis il montre le tissu immaculé à l'obsédée du ménage. Le tout dans un silence qui s'est chargé lourdement.

— Mon mari m'a avertie de votre visite. C'est la première fois que je vois des policiers enquêtant avec leurs animaux. Heureusement que ce ne sont pas des bovidés ou des équidés !

— Nous avons été, jusqu'ici, tellement bien accueillis, et nous sommes tellement habitués à leur présence que nous ne nous posons plus la question de nous en séparer. Mais je peux les mettre dans ma voiture si vous le désirez…

Le ton de mon flic celte ressemble à celui du fusil-mitrailleur 24/29 D à canon long, crachant ses munitions.

— Non, ça va, à condition qu'ils restent tranquilles.

À ces mots, Hector et moi nous asseyons d'un même mouvement et la fixons dans les yeux de toute notre insolence. Ce qui la surprend.

— Oh, on croirait qu'ils ont compris ce que j'ai dit !

— Ce n'est pas possible, Madame ! Ce ne sont que des bêtes !

— *Voilà une mégère qu'il faut apprivoiser !* dit Hector.

— *Oui, très cher, c'est un cauchemar d'une nuit d'été !*

— *Arf, arf, arf ! Vous êtes ma Juliette, ma tendre amie.*

— Pardonnez-nous, Madame, nous sommes si accaparés par l'affaire des cambriolages que nous oublions des détails, nos animaux de compagnie par exemple.

— Madame Legrand, intervient Le Moël, mes amis sont venus à titre de conseillers, appelés par mes soins. Leurs talents de grands policiers nous sont nécessaires en renfort. Nous sommes inquiets quant aux menaces proférées à l'encontre de votre mari. Ce serait aimable de votre part si vous pouviez nous fournir des éléments, aussi insignifiants soient-ils, pour orienter nos recherches.

La remise sur les rails du gendarme adoucit le comportement de Dame Guenièvre…

— Asseyez-vous, Messieurs.

Elle en fait autant et sa robe remonte sur ses cuisses, ce dont elle ne se soucie pas. Bonjour les regards fuyants des bipèdes ! Après un instant de concentration, elle se lance dans un petit discours.

— Nous vivons dans une région privilégiée où il ne se passe pas d'évènements tragiques d'habitude. Vous devez maintenant connaître les tiraillements politiques et notre situation héritée d'un lointain passé, ce qui doit vous paraître très curieux. Ajoutez à cela les ragots, les rumeurs plus ou moins fondées et vous avez, je suppose, un tableau assez exotique pour y mener vos investigations. Ce que je peux vous assurer est que mon mari, Arthur Legrand, est un homme exceptionnel à tous les niveaux : humain, professionnel, charisme. Nous n'avons rien à cacher. Vous devez savoir que par le passé, j'ai eu une liaison avec Lancelot Dulac, dont est né notre fils Galaad qui vit aujourd'hui avec son père. De son côté, à la même époque, du fait de mon absence, Arthur a brièvement vécu avec Morgane Magus. Ils ont eu un fils, Mordred Legrand, qui mène une vie dissolue dans laquelle son père ne cesse d'intervenir afin de limiter les scandales qu'elle suscite. Malgré le fait qu'il assiste aux réunions de la Table Ronde, dès qu'il peut porter tort à son père et à son parti, le C.I.A., il n'hésite pas. Tout en lui réitérant son soutien en public. Il est manipulé par sa mère, Morgane, qui n'accepte pas d'avoir été rejetée par Arthur. Car c'est bien là le nœud de toute l'affaire. Certes, en apparence, tout ce petit monde joue l'apaisement et les relations cordiales. Arthur prête à Mordred et sa mère notre propriété d'Avalon, voulant masquer les tensions. Mais c'est une erreur, à mon avis. Il vaudrait mieux couper définitivement tout contact avec ce… clan. Oui, c'en est un, et il essaie par tous les moyens possibles de contrecarrer ce qu'entreprend Arthur, en ruinant par exemple notre fréquentation touristique ou en faisant régner une atmosphère inquiétante dont le point culminant est la menace de mort proférée envers le président du conseil général. Je ne peux malheureusement vous apporter la moindre preuve pour étayer mes déclarations. La seule chose qui me vient à l'esprit… Non, excusez-moi, c'est idiot.

— Dites-nous quand même, Madame. Dans ce genre d'affaire toute indication peut être utile.

Yvon a ravalé son irritation, capté comme nous tous par l'exposé de Guenièvre.

— Si vous voulez, mais soyez gentil, ne vous moquez pas de moi… Ce qui me tracasse, ce sont les petites sculptures de chats noirs. Le chat noir est l'emblème de la sorcellerie, le représentant du Diable. Au temps du grand Roi Arthur, l'ancêtre de mon mari, les chrétiens étaient sans cesse en lutte avec des clans satanistes qui pratiquaient la magie noire. Pendant les cérémonies, ils s'entouraient de chats noirs. Certains allaient même jusqu'à adorer l'animal censé représenter leur maître démoniaque. Or, Morgane pratique la magie, c'est un fait notoire, et je sais que certains de ses clients lui demandent de… d'intervenir dans leurs vies par des moyens étrangers à la morale et au civisme. Quel procédé efficace, et sans contrevenir à la loi en plus, que de placer une figurine chez quelqu'un pour l'avertir de la venue d'un grand malheur ! Comme celle-ci, par exemple.

Elle ouvre une petite boîte placée sur un guéridon à côté de son fauteuil et en sort un chat noir en bois identique aux autres, qu'elle tend à Yvon.

— Je l'ai trouvé sous mon lit et n'ai pris conscience de sa signification que lorsqu'Arthur a reçu le sien avec la tête tranchée, accompagné du message.

Les keufs examinent l'objet, conscients que des intentions malveillantes sont incarnées par la figurine.

— *J'aimerais connaître vos pensées, mon beau chevalier*, glissé-je à Hector.

— *Eh bien, Dame de mon cœur, je suis perplexe !*

— *Oui, mais encore ?*

— *Je vais vous surprendre, ma mie, mais je ne suis plus aussi inquiet qu'au début de cette affaire.*

— *Ah bon ? J'aurais subodoré l'inverse.*

— *Ce serait logique… mais… comment puis-je être explicite… trop c'est trop ! Le chat noir de Dame Guenièvre ne…*

— Serez-vous présente au cocktail auquel votre mari nous a conviés pour dix-neuf heures ?

— Bien sûr, commissaire. Peut-être que cette réunion vous apportera des éléments instructifs… Je me demande comment vous percevez cette affaire.

— Je vais être franc avec vous, Madame. Si des cambriolages avérés n'avaient pas eu lieu, ainsi que des menaces de mort très étranges et soigneusement élaborées, je considérerais l'ensemble comme une mauvaise blague. Mais je ne peux mettre en doute la parole de mon ami, le capitaine Le Moël.

— Je comprends, Monsieur. Alors à tout à l'heure. Bravo pour vos animaux, ils sont remarquables.

— Oui, c'est vrai. Pardon de vous les avoir imposés.

— Tels qu'ils sont, c'est un plaisir.

Ben voyons, je ne partage pas son plaisir qui sent l'hypocrisie à plein nez, en tout cas au mien. Un dernier coup d'œil des keufs sur les rondeurs de la taupe à Arthur et on regagne nos véhicules stationnés au bout du grand jardin, dont pas un brin d'herbe ou une branche quelconque ne se permet de dépasser les autres. Ici, l'ordre règne ! C'est propre et net comme dans la maison, cette grande bicoque du XIXe siècle dont le toit en zinc est muni d'œils-de-bœuf un peu tarabiscotés.

— Le château d'Arthur Legrand est-il loin d'ici ? demande Yvon à Le Moël.

— Oui, assez. Ici, c'est la maison de sa femme. Tu veux qu'on y aille quand même ?

— Non, ce n'est pas la peine. On a encore près de trois heures devant nous avant le cocktail. Je voudrais bien voir Mordred. Tu sais où on peut le trouver ?

Le gendarme consulte sa montre.

— Je vais appeler Morgane. Elle saura où est son fils.

Le numéro doit être inscrit dans son portable car en quelques secondes, il obtient sa correspondante.

« Madame Magus, bonjour. Capitaine Le Moël. Oui… merci… Mes amis policiers aimeraient rencontrer Mordred… oui… Ah, d'accord. Merci encore. Au revoir, Madame… »

— Il vient de partir pour son bistro favori, « Le Galop Romain », en centre-ville. Je vous y conduis.

11
Mordred

Nous luttons, Hector et moi, pour ne pas sombrer dans une sieste dévastatrice au cours du trajet. Notre attention a été tellement sollicitée lors de la rencontre avec Guenièvre qu'un certain relâchement s'est produit dans nos raisonnements. Aussi, devons-nous nous faire violence pour affronter une personnalité à la réputation inquiétante, semblable à celle de sa génitrice.

Arrivés au Galop Romain, Yvon prend Hector en laisse et Erwan me fourre dans son blouson, la tête comme d'habitude sur la fermeture éclair. Avec Le Moël, nous entrons dans le bistro. Sans hésiter, le gendarme se dirige vers une table sur laquelle un jeune homme d'environ vingt-cinq ans travaille ou joue avec son ordinateur portable. Il ne lève même pas la tête alors que nous nous arrêtons devant lui.

— Mordred Legrand, bonjour ! lance Le Moël.

— B'jour, répond l'autre, l'œil rivé sur l'écran.
— On peut vous parler ?
— Ben… c'est pas trop le moment.
Les trois keufs se saisissent chacun d'une chaise et s'assoient en l'entourant. Leur colère est palpable.
— On s'en fout un peu que ce ne soit pas le moment, dit Yvon.
— Qu'est-ce que vous me voulez ?
Monsieur le commissaire et mon homme lui mettent leurs cartes sous le nez, masquant la vue sur l'écran.
— On nous a dit des choses pas très agréables à votre sujet. Alors on voudrait bien avoir votre avis, si c'est possible.
— Ah ? C'est indispensable ? Vous me gênez, là…
Yvon claque violemment le couvercle du PC et le fait glisser vers lui.
— Ce serait peut-être plus gênant si on te passait les menottes et si on t'embarquait à la gendarmerie, histoire de vérifier ton emploi du temps. C'est toi qui vois…
— Vous n'avez pas le droit de faire ça !
— Et alors ? On s'amuse comme on peut, toi avec ton ordi, nous avec les suspects dans ton genre.
— Je… Je suis suspect ? Mais pourquoi ?
Bien que je n'approuve pas les méthodes de mon flic celte, je jubile car le Mordred est insolent, prétentieux, mal élevé, tout ce que je déteste chez un jeune comme lui.
— *Quel petit paltoquet !* gronde Hector. *Rien dans la tête, tout dans la machine !*
— Tu fais partie des suspects, reprend Erwan, pour les cambriolages effectués chez des gens que

tu n'aimes pas, c'est connu, et pour des menaces de mort envers ton père.

— Qui vous a raconté… que je n'aimais pas des gens ?

— Madame Legrand, entre autres, ta belle-mère.

— Ah ouais, bien sûr, normal.

— Ah ? Tu nous expliques ?

— Hé, hé, c'est une bonne la Guenièvre !

— Comment ?

— Ben oui, quoi, faut pas lui en promettre…

— Tu veux dire que…

— …Je me la suis faite, et pas qu'une fois ! Elle est pas contente après moi en ce moment parce que j'ai une nouvelle copine et que je ne vais plus la voir. Donc elle se venge comme elle peut.

— Ça ne te gêne pas qu'elle soit la femme de ton père ?

— Eh ! Chacun fait ce qu'il veut de son corps ! Après tout ce qu'ils ont vécu les uns avec les autres, faut pas venir me faire la morale !

— Tu parles de… de ton entourage, des chevaliers de la Table ronde ?

— Ouais, mes parents, Viviane et Merlin, les autres guignols et leur esprit de chevalerie ! Tu parles ! Ça tire dans tous les coins, si vous voyez ce que je veux dire.

— Et ce serait comme ça depuis quatorze siècles ?

— Y a des chances. Mais tout ce que je vois c'est maintenant.

Silence quelque peu déconcerté de la part des keufs, quelle que soit leur morphologie. Nous n'avions pas envisagé la légende arthurienne sous l'angle de la débauche, tel que le suggère Mordred.

— Quels sont tes rapports avec tes parents ? demande Erwan.

— Y a des hauts et des bas. Des fois on s'engueule ferme parce que je fais pas tout ce qu'ils veulent. Déjà qu'entre Morgane et Arthur, c'est pas la joie depuis longtemps…

— Tu participes aux réunions de la Table Ronde ?

— Faut bien ! Sinon c'est la guerre ! Mais qu'est-ce que je m'y ennuie ! Ce sont des bla-bla pendant des heures… Bande de connards !

— Et pour te distraire, tu cambrioles les châteaux de tes copains, en laissant un petit chat noir pour faire joli !

Je sens Yvon sur le point de déraper face au grossier personnage. Mais la présence de son ami gendarme freine ses envies.

— D'abord, ce sont pas mes copains ! Et je trouve l'histoire des casses avec les chats noirs plutôt rigolote ! Ça met du piment dans le quotidien. Mais c'est pas moi qui ai fait ça.

— Et la menace de décapiter ton père, ça te fait rire aussi ?

— Plutôt, oui. J'y crois pas une seconde.

— Alors pourquoi cette mise en scène ?

— Parmi tous les mecs à qui mon père a joué des tours de con, il y en a un qui a voulu s'amuser. Ils arrêtent pas de se friter entre C.I.A. et F.B.I. Avec des arguments que j'entends depuis que je suis né ! Bonjour l'originalité.

— C'est grave quand même, non ?

— C'est vous qui le dites.

Mordred se paie nos têtes, surtout celles de mes bipèdes.

— *Il mérite le pilori pendant une semaine!* s'indigne Hector.

— *Je suis d'accord avec vous, très cher, mais le Code civil a remplacé cette brimade barbare par la garde à vue, plus efficace. Et encore faut-il un motif très sérieux. Ce qui n'est pas notre cas, puisque nous n'avons aucune preuve contre ce provocateur.*

— Vous viendrez pour audition demain à neuf heures à la gendarmerie, déclare Le Moël.

— Vous m'offrirez le café? Avec deux croissants, s'il vous plaît…

Nous quittons l'insolent brusquement avant que l'un d'entre nous commette une bavure. Mais si! Je le grifferais avec plaisir et Hector le mordrait volontiers!

— Je serai propre sur moi! lance le petit salopard dans notre dos.

Conciliabule avant de monter dans les voitures.

— Je passe chez moi me mettre en uniforme de cérémonie. Vous allez sûrement à votre hôtel pour vous changer et on se retrouve directement à la salle polyvalente, à dix-neuf heures?

— Parfait, Alain. On gardera Catia et Hector avec nous, tu es d'accord?

— Certainement. Ils ne peuvent que s'attirer la sympathie de tout le monde!

Oh, ben oui alors! Quelque chose vous chiffonne?

12
Arthur Legrand

L'exactitude étant la politesse des rois, nous nous présentons à la salle polyvalente à dix-neuf heures précises. C'est un ensemble de maisons basses reliées les unes aux autres, construites en pierres jointoyées de ciment blanc, le tout mis en valeur par un éclairage bien étudié. Le jardin qui l'entoure est aussi aménagé avec goût. Yvon tient Hector en laisse comme à l'habitude, et moi, je suis dans le blouson d'Erwan, la tête passant par la fermeture éclair selon ma position favorite. Mes keufs ont revêtu un costume pour monsieur le commissaire, assez élégant je dois le reconnaître, avec un pantalon bien repassé pour mon homme. Le tout accompagné de chemises blanches impeccables et cravates sobres. Leurs chaussures ont reçu une couche de cirage, ce qui ne leur était pas arrivé depuis 1912. Bref, j'estime qu'ils sont présentables. Bizarrement, la salle polyvalente est peu éclairée à l'intérieur lorsque nous y pénétrons.

— Ce doit être dans un autre bâtiment, dit mon homme.

— Je ne crois pas. C'est bien un grand hall d'entrée, ici. Et là, la grande double porte doit donner accès à une salle importante…

Yvon pousse un des battants et nous découvrons que la vaste pièce est plongée dans l'ombre.

— Effectivement, ce n'est pas là.

Alors que nous nous apprêtons à faire demi-tour, le faisceau d'un puissant projecteur vient nous piéger dans son cercle de lumière, tandis qu'un vacarme d'applaudissements éclate ! Ahuris, nous ne distinguons pas la foule qui produit ce tintamarre. Au bout de deux interminables secondes, la salle s'éclaire et nous découvrons toutes les personnes que nous avons rencontrées depuis notre arrivée à Plélan. Les hommes portent un costume de chevaliers, les femmes une robe longue à la mode du haut Moyen-Âge. Seul le capitaine Le Moël est, comme il l'avait annoncé, en uniforme de cérémonie de la Gendarmerie nationale. Il se tient au côté d'un grand bonhomme appuyé sur l'étincelante épée Excalibur. Des bravos se mêlent aux applaudissements ici et là.

— Qu'est-ce que c'est que ce cirque ! grince Yvon.

— *Je ne comprends pas le pourquoi de cette ovation*, me déclare Hector. *Mais elle ne peut être que justifiée, et j'en suis flatté, ma belle amie. Surtout pour vous.*

Mon beau saint-hubert a toujours le mot qui fait plaisir. Enfin… presque. Les applaudissements se calment, l'homme à la haute stature donne Excalibur à Mordred et Guenièvre lui tend un micro. Il s'adresse d'abord à l'assemblée.

— Mes chers amis, j'ai l'honneur de vous présenter le commissaire Yvon Legal et le capitaine Erwan Quéméner du commissariat de Quimper, accompagnés de leurs fabuleux animaux, tels qu'ils ont été perçus par tout le monde ici.

Et c'est reparti pour une nouvelle salve d'applaudissements. Stupéfaite, je vois Hector qui s'assoit devant nous et lève la patte en guise de salut. Quel cabot ! Il en fait toujours trop !

— Approchez, Messieurs, que je vous explique enfin la vraie raison de votre présence parmi nous. D'abord, je me nomme Arthur Legrand et je suis bien le président du conseil général d'Ille-et-Vilaine. C'est le seul nom authentique, avec celui du capitaine Le Moël, que l'on vous a présenté. Mais avant de vous expliquer le pourquoi du comment, permettez-moi, au nom de la société Sovlazon, de vous remettre ce chèque pour les œuvres de la police de Quimper, et celui-ci pour la gendarmerie de Plélan.

Il remet à Yvon et à Le Moël une lettre et un chèque bancaire maintenus ensemble par un trombone. Mon flic celte, médusé, déchiffre la somme.

— Cent mille euros ! Mais pour quel motif ?

— Avant de vous le révéler, il est nécessaire que je vous présente tous les membres de la société Sovlazon. Tout d'abord, son président-directeur général : Yves Liboux, alias Lancelot Dulac.

Souriant, le faux chevalier incline la tête pour nous saluer, comme vont le faire tour à tour tous les autres invités désignés par Arthur Legrand.

— Georges Besnard, directeur général, que vous connaissiez sous le sobriquet de messire Gauvain Legrand ; André Parent, directeur administratif, alias Perceval Le Gallois ; Pierre-Yves Darret, directeur technique, pour vous Hector Des Marres ; Béatrice Mignot, directrice commerciale, notre belle fée Morgane Magus ; Roger Thiers, directeur des études, le faux Galaad…

Nous sommes tétanisés ! Quelle incroyable comédie ! Tandis que Legrand poursuit les présentations, nos suppositions vont bon train. Que sommes-nous venus faire dans cette galère ? Une galère à cent mille euros quand même.

— …Gaëlle Métailler, directrice de la recherche, incarnant la fameuse fée Viviane ; le directeur des ressources humaines, Gérard Brennier baptisé Caradoc Freichfras ; Kevin Sarroit, notre génial directeur des applications informatiques, mais aussi le détestable Mordred ; Jean-Marc Prigent, le dynamique directeur de la fabrication, sous les traits de Merlin Lepidus ; notre chef des ventes Isabelle Desbois est absente pour congé-maladie mais elle a été remplacée au pied levé par mon épouse pour être à vos yeux Guenièvre ; Grégory Lambert le directeur du personnel est en déplacement pour raison familiale ; et enfin notre négociateur des achats France et international Marc Snyder, le mari d'occasion de Morgane, Sir Accolon Simpleton. Voilà toute l'équipe de la société et nous en sommes très fiers.

Re-tonnerre d'applaudissements. On se croirait dans l'émission télévisuelle *Les prodiges*.

— Maintenant, commissaire, et vous capitaine, venons-en à la raison de votre présence.

— *Vous me précisez, ma belle amie, ce que signifie le document que ce Roi Arthur de pacotille a remis à nos bipèdes ?* me murmure Hector.

— *Une somme d'argent très importante pour le fonctionnement de nos administrations.*

— *Ah ? Pardonnez-moi mais je ne me suis jamais soucié de ces choses vulgaires.*

Évidemment, vieux machin, pourvu que ta gamelle soit bonne et ton manoir entretenu, tu considères le reste comme insignifiant ! Je te collerais ça au Sahel, moi, pour lui faire comprendre ce que certains peuvent vivre !

— Lorsqu'un riche investisseur nous a soumis son projet de créer une société de logiciels polyvalents pour la gestion et le développement d'entreprise, nous avons tout d'abord été dubitatifs, reprend Legrand. Et puis, après plusieurs discussions mettant en valeur la pugnacité des Bretons, la perspective d'une grande aventure s'est peu à peu dessinée. Les moyens mis à disposition étaient très importants, correspondant à l'ambition d'établir la future société au niveau européen. Avec à la clef deux cents emplois pour la région. L'enthousiasme a succédé au doute. Mais il fallait atteindre l'excellence à tous les niveaux. Une fois les cadres recrutés ainsi que le personnel, l'idée d'une motivation jamais atteinte pour une société s'est imposée. Comment y parvenir ? C'est Kevin Sarroit, notre « méchant » Mordred, qui a pensé bâtir un jeu de rôle extraordinaire, dans lequel chacun incarnerait un personnage. Avec un but bien défini : faire circuler des rumeurs, exagérées de préférence, afin de développer la combativité, l'efficacité, et surtout la crédibilité des arguments avancés. Mais pour cela, il fallait des témoins impartiaux dont la perspicacité et l'intelligence permettraient de démonter la supercherie. Qui pouvaient être ces témoins sinon de vrais policiers, enquêtant dans le cadre de leurs fonctions ? Le capitaine Le Moël, avec qui nous étions souvent en rapport et avec qui nous avions discuté de notre scénario, nous a alors parlé de vous, commissaire Legal, en pensant que, étranger à notre département, vous seriez l'homme idéal pour traquer et démêler notre intrigue. D'après ce que m'a dit Alain, vous avez tout de suite eu des soupçons, et nous avons alors engagé une course de vitesse pour essayer de poursuivre notre jeu le plus longtemps possible. C'était très excitant. Je dois dire que l'investissement des acteurs dans leur personnage a été au-delà de nos espérances. Ils se sont amusés comme jamais. Mais ils savaient, d'après vos réactions, que cela ne durerait pas très longtemps. En tout cas, transposer aujourd'hui la légende arthurienne avec les descendants fictifs des héros d'origine nous a séduits dès le début. Comme nous en avions les moyens, nous avons élaboré les moindres détails.

— Qui a eu cette inspiration ? demande Erwan.

— Béatrice Mignot, notre superbe fée Morgane. D'ailleurs, elle a peaufiné son personnage avec son mari, inventant une femme sulfureuse et dépravée, rajoutant mille choses truculentes.

— *Cornegidouille!* gronde Hector. *Je me suis fait berner, ma mie!*

— *Vous n'êtes pas le seul, très cher!* remarqué-je (Oui, oui, je sais, ça m'amuse!)

Je sens que monsieur le commissaire n'est pas d'humeur enthousiaste. Malgré la généreuse donation, le fait d'avoir été embarqué dans ce jeu rocambolesque, et ce dans l'exercice de ses fonctions, ne le satisfait pas vraiment.

J'ai très peur de sa réaction lorsqu'il prend la parole.

— Président, Mesdames, Messieurs, je vous félicite pour votre inventivité. J'ai entendu parler de ces fameux jeux de rôle au sein des grandes entreprises, mais je n'avais jamais eu l'occasion, de près ou de loin, d'y assister et encore moins d'y participer. C'est au niveau du vôtre spectaculaire ! Et le mot est faible ! Ma première réaction est d'être quelque peu irrité contre mon ami Alain Le Moël, qui lui aussi a parfaitement joué son rôle, mais en me mentant effrontément…

— Attendez, commissaire, une précision vous manque. Nous avons demandé à votre hiérarchie la permission de vous utiliser à votre insu, ce qu'elle nous a autorisé. Il en est de même pour la gendarmerie.

— Ah, en effet, c'est une information importante. Dans ce cas, mon sens de la déontologie en est soulagé ! Bravo ! Vous avez tout prévu. Je ne peux à présent qu'admirer l'interprétation parfaite de chaque personnage issu de votre légende arthurienne, en détournant leur propos, leur parenté, leur situation. C'est du grand art ! Je souhaite un beau devenir à votre société. Santé !

Re-applaudissements nourris. Ouf, Yvon n'a pas dérapé, comme je le redoutais. Arthur Legrand fait de grands gestes.

— Le moment est venu d'arroser notre joyeuse aventure, et d'expliquer aussi à nos amis policiers les éléments d'organisation mis en œuvre.

Il entraîne tout le monde vers un gigantesque buffet où les serveurs s'activent déjà à remplir les coupes de champagne. Kevin-Mordred s'approche de nous, métamorphosé. Il porte un costume de marque, ses cheveux longs noués en catogan. Il est redevenu le cadre important investi dans l'informatique de pointe.

— Vous ne m'en voulez pas trop, Messieurs, de ma prestation ?

Mes bipèdes rient franchement.

— C'est vrai que j'avais une furieuse envie de vous boucler ! dit Yvon.

— Vous savez que j'ai dû improviser mon rôle rapidement ? Béatrice, enfin Morgane, m'a appelé en catastrophe pour que je vous rejoigne au bistrot Le Galop Romain. Je ne savais pas trop quoi vous dire, mais je connaissais quand même les grandes lignes. Suggérer que ma belle-mère était ma maîtresse est venu comme ça, dans la panique !

— Vous avez inventé ça !

Madame Legrand, alias Guenièvre, nous a rejoints.

— Vous étiez vraiment dans votre rôle d'affreux ! Vous savez, Messieurs, nous avons dû improviser nous aussi. Quand Isabelle Desbois a téléphoné hier matin pour avertir qu'elle était clouée au lit, il n'y avait plus que moi de disponible pour être Guenièvre. J'étais dans mes petits souliers quand vous êtes arrivés car je n'avais jamais interprété quoi que ce soit, dans aucune circonstance.

— C'était parfait ! Nous n'avons pas eu de soupçons à votre égard. Et puis Guenièvre, épouse d'Arthur, cela va de soi.

Tous les acteurs de la légende revisitée nous entourent, avec plein de mots gentils pour les « bestioles ». Béatrice-Morgane et Gaëlle-Viviane, bras dessus bras dessous, sont plus belles que jamais dans leurs robes tuniques anciennes. Elles trinquent avec les keufs, sûres de leur pouvoir de séduction auprès de ces pauvres mâles.

— Nous sommes amies dans la vie et se concerter pour inventer des horreurs l'une sur l'autre a été un grand moment ! dit Morgane.

— Oh oui ! Et créer deux partis politiques bidon, le C.I.A. et le F.B.I., nous a emballées ! D'autant qu'il y avait eu par le passé un début de vérité, ajoute Viviane.

— Et moi, je le jouais ivrogne cocu ! Je présente vous mon vrai femme.

Marc-Accolon tient par la taille une adorable quadragénaire qui tend la main à la flicaille et nous donne moult caresses à Hector et moi. Chacun de nos protagonistes vient nous complimenter et nous déclarer combien ils ont été heureux de jouer à la fois contre et avec nous.

— Et moi, je suis vraiment le maire de Plélan ! Quand on m'a proposé d'être le directeur de la fabrication chez Sovlazon, poste qui correspondait à mes capacités, j'ai accepté immédiatement, étant au chômage depuis un an.

Jean-Marc Prigent-Merlin-Lepidus est également transfiguré avec son ensemble trois-pièces de prix, coupé sur mesure. Décidément, le dicton « Ne vous fiez pas aux apparences » n'a jamais été autant d'actualité. C'est au tour de Gérard Brennier, « Cradoc », le chevalier Freichfras, de nous congratuler.

— Le plus dur, dit-il hilare, a été de convaincre les membres d'Emmaüs de participer en m'appelant Cradoc lors de votre visite forcément prévue. Je suis antiquaire occasionnel et leur donne un coup de main bénévolement pour leur gestion.

Revêtu d'un blazer bleu classique et d'un pantalon gris très chic, il n'y a plus de taches suspectes sur ses habits. Bien coiffé, bien rasé, sa fonction de directeur des ressources humaines ne saurait être mise en doute.

— Mais votre château, et tous les autres, à qui appartiennent-ils ?

— Celui dans lequel je vous ai emmenés est bien à moi. Enfin, à ma famille. Il nous sert de dépôt, mes frères, eux, étant des antiquaires réputés. Les autres ont été loués pour le jeu, ou bien sont la propriété de la région, c'est-à-dire de l'État. Nous sommes en pourparlers pour acquérir le manoir censé être celui de la fée Morgane afin d'y installer le siège social de Sovlazon. C'est une résidence privée dont les propriétaires veulent se débarrasser, l'endroit étant hanté, paraît-il, ce qui nous garantit un prix très abordable et éloigne les locaux curieux !

— Tu vois, intervient Alain Le Moël en s'adressant à Yvon, l'organisation même du jeu préfigure le bon fonctionnement de l'entreprise, avec des gens motivés et compétents.

— Oui. Mais on a des comptes à régler, mon salaud. De préférence autour d'une bonne table à Quimper, avant ton incarcération pour outrage à des officiers de police! Tu nous as eus jusqu'à la garde!

— Tu regrettes?

— Heu... non.

— Et toi, Erwan?

— Non plus! Les conditions étaient agréables et cela nous a changé de la routine en compagnie de Catia et Hector. Sais-tu qui a fabriqué Excalibur et la Table Ronde, dont on nous a assuré de l'existence?

— Alors, l'épée a été faite par un artisan d'art, ferronnier de génie, à Paimpont. La Table Ronde provient d'un ébéniste de Vannes; elle se trouve dans la salle d'à côté où nous allons dîner. Les petits chats noirs ont été réalisés par un maquettiste de bateaux installé ici à Plélan. Et tous les costumes ont été créés par un tailleur de Rennes qui a embauché spécialement une costumière de théâtre à la retraite. Elle s'est surpassée, très enthousiaste d'effectuer un travail exceptionnel et... bien payé! Et moi, je vous ai bien menés en bateau, tout heureux de passer de bons moments avec vous et vos splendides animaux.

Ah! Voilà qui fait plaisir à entendre.

— *Je ne serais pas contre un petit séjour supplémentaire en ces lieux. Qu'en pensez-vous, mon beau Chevalier?*

— *Que vous répondre, belle Dame, sinon avec joie! Mais ce sont nos keufs ancillaires qui décident...*

— Mes amis, nous pouvons passer à table!

Arthur Legrand, de sa voix puissante, a annoncé ce que finalement tout le monde attendait. Effectivement, dans la salle du banquet, la Table Ronde de la légende, plus exactement son hypothétique reconstitution, est théâtralement mise en valeur par un éclairage savant. En son milieu est posé le logo de la société Sovlazon, en forme de sculpture stylisée. L'immense plateau rond est divisé en treize secteurs par des rayons de bois incrusté, avec sur chaque espace des motifs en marqueterie rappelant des armoiries. Le travail effectué est remarquable.

Nous prenons place devant des cartons nominatifs posés sur des tables rectangulaires. Nos noms de « bestioles » y figurent, avec sièges et gamelles adaptés.

— *Ces manants se sont bien esbaudis à nos dépens, mais je dois reconnaître qu'ils savent recevoir!*

— *C'est vrai, très cher. Profitons de l'instant et oublions les désagréments de la vie. Et puis qui sait? Nous reviendrons peut-être dans cette merveilleuse forêt?*

13
Le retour

Le repas pantagruélique et ses vins millésimés ont laissé des traces. Monsieur le commissaire, mon homme, et le pandore ont des tronches pas nettes ce matin. C'est l'heure du départ sur le parking de La Maison des Légendes. Le Moël a tenu à nous dire au revoir et a pris son petit-déjeuner avec nous. Ben, oui, je dis « nous » pour ne pas préciser à chaque fois « bipèdes et bestioles » ! Ça tombe sous le sens, non ?

— Bon retour, les copains ! J'irai vous voir à Quimper très bientôt.

— Tu es le bienvenu, à ta convenance.

— Et vous revenez quand vous voulez. Avec vos épouses, ce sera encore mieux.

Ah, non ! Tout mais pas ça ! Subir Annick-Pot de tartouille, la taupe à Yvon, plus de deux heures m'est insupportable ! Petit coup de klaxon, agitation des mains de part et d'autre, et nous quittons cet endroit de rêve.

— Insensée, cette fausse mission, ricane Yvon.

— Je veux bien en avoir une comme ça toutes les semaines, dit mon homme, mais pas à moins de cent mille euros !

Et de rire sans retenue. C'est vrai qu'il y a de quoi. Alors que nous nous assoupissons béatement, Hector et moi, une pensée surgit dans mon esprit et me tire brutalement de ma torpeur. Poupounet, le berger allemand du chevalier Freichfras, directeur des ressources humaines, nous a confié que Morgane, la directrice commerciale, avait vécu avec eux. Tellement odieuse dans leur quotidien que Cradoc, je veux dire Brennier-Freichfras, l'avait virée. Quand cela s'est-il passé ? Et de quelle Morgane s'agissait-il ? Il faut résoudre ces énigmatiques questions. Je m'appuie sur le siège d'Erwan et lui miaule dans l'oreille. Il comprend immédiatement.

— Yvon, arrête-toi. Catia veut me communiquer quelque chose d'urgent.

Il s'exécute et mon homme pose ma tablette sur la banquette. Je frappe un résumé de notre conversation avec Poupounet, révélant les mésaventures avec une nommée Morgane, ce qui est on ne peut plus bizarre. Mes keufs en conviennent et mon flic celte téléphone à son ami gendarme.

— Alain ? Oui… Non, rien de grave. Tu as le numéro de portable de Gérard Brennier-Freichfras ? Vas-y, je note. On doit vérifier un détail. Oui, salut !

Une minute plus tard Cradoc décroche.

— Bonjour. Commissaire Legal. … Oui, c'était très bien. Dites-moi, je ne sais plus qui nous a relaté que vous aviez vécu avec une nommée Morgane. De qui s'agissait-il, s'il vous plaît ?

— …

— Monsieur Brennier ? Vous êtes toujours là ?

— Pardon, oui. C'est une question délicate…

— Ah, bon…

— Puis-je compter sur votre discrétion ?

— Évidemment, Monsieur. C'est simplement pour comprendre quel est vraiment le rôle de chacun dans votre démarche.

— Bien… Morgane Malgorne a été la femme d'Arthur Legrand. Elle l'a quitté pour venir vivre avec moi. C'était il y a onze ans. Le couple ne s'entendait pas bien. Mais au bout de quelques mois, notre relation est devenue bien pis ! Et elle n'aimait pas mon jeune chien, ce qui m'était inconcevable. Nous nous sommes aussi séparés et elle a disparu de la région.

— Incroyable ! C'est presque identique à la légende : Arthur et Morgane…

— Presque. À une nuance près : Arthur a toujours ignoré pour qui sa femme l'avait quitté. C'est pourquoi je vous demande de ne rien dire. Arthur s'est remarié et je ne voudrais pas semer la zizanie dans nos rapports.

— Vous pouvez compter sur moi, monsieur Brennier.

Yvon et Erwan sont étonnés par cette révélation. Moi, beaucoup moins, car je sais maintenant à quel degré vos errements de bipèdes peuvent monter. Quant à Hector, ce genre d'anecdote ne l'intéresse pas et lui paraît incompréhensible, tant les valeurs de l'esprit chevaleresque sont ancrées dans son comportement. Môssieur le commissaire nous dépose à notre appartement où ma petite Rose doit être avec sa nounou. Je grimpe l'escalier à toute vitesse, excitée à l'idée de nous retrouver et de jouer illico presto, les embrassades terminées. Je dois attendre une plombe que le vieux canidé ait monté l'étage. Erwan ouvre la porte. Une tornade se rue sur moi et m'étouffe dans ses bras.

— Catia !

FIN

REMERCIEMENTS

Je n'aurais jamais pensé que les aventures de Catia puissent perdurer autant ! Et j'en suis heureux. Voici donc la septième enquête, pour laquelle je me suis encore bien amusé. J'espère qu'il en sera de même pour les lecteurs.

Entre deux intrigues policières marquées forcément par une violence plus ou moins importante selon les sujets, plonger dans l'univers de la « première chatte policière d'Europe » est pour moi une récréation. Mais cela ne se fait pas tout seul, et c'est heureux. Quoi de plus réjouissant que de travailler au sein d'une entreprise telle que Palémon ! Pas de bla-bla inutile ni de prétention, mais des rapports amicaux solides dans une ambiance sereine et studieuse ! Donc, un GRAND merci à toute l'équipe !

Merci au patriarche Jean Failler, le roc fondateur talentueux et néanmoins ami, à Delphine et son énergie créatrice inépuisable, à Myriam qui ne laisse rien passer et dont les avis sont toujours emplis de bon sens, à Annie et sa bonne humeur malgré le sérieux de sa gestion, à Nathalie pour qui rien n'est impossible tout de suite, à Laetitia avec le sourire aussi, à Meven qui année après année m'apprend le breton, et à nos trois belles commerciales, Myriam, Fanny et Karine, dont le dynamisme et la réactivité sont très motivants.

Et bien sûr, merci à ma femme Claudie qui encaisse mes sautes d'humeur, mes « absences », à ma famille qui suit mes activités attentivement, à Mauricette Lambert, la première à découvrir mes textes et à me dire SA vérité, à François Lange, mon conseiller technique, mon « collègue » lui aussi ami indéfectible, enfin à tous les proches qui m'encouragent en critiquant librement les manuscrits avant impression.

Sans oublier les journalistes qui me suivent fidèlement depuis mes débuts.

Le mot de la fin : je continue !

Inscrivez-vous gratuitement,
et sans aucun engagement de votre part,
à notre bulletin d'information
en nous retournant le coupon ci-contre.

Vous serez averti(e) des parutions en exclusivité,
pourrez bénéficier d'offres spéciales,
de cadeaux, etc.

Chaque nouvel inscrit recevra
une petite surprise…

Rejoignez-nous vite !

Et n'hésitez pas à proposer l'inscription
à vos parents et amis…

Je désire m'abonner gratuitement
au bulletin d'information des Éditions du Palémon :
je serai informé(e) des parutions
de Gérard Chevalier,
ainsi que de l'actualité et des offres Palémon.

Nom ....

Prénom ....

Adresse ....

....

Code Postal .... Ville ....

Pour encore plus d'offres et d'infos,
indiquez votre adresse e-mail :

E-mail ....@.......................

Bon à compléter ou à recopier
et à retourner par courrier à l'adresse suivante :

ÉDITIONS DU PALÉMON
ZI de Kernevez
11B rue Röntgen
29000 QUIMPER

Vos données sont collectées par les éditions du Palémon afin de vous inscrire à notre lettre d'information. Le recueil des données est facultatif et limité à ce qui est strictement nécessaire pour vous faire parvenir notre catalogue et/ou notre newsletter. Vous pouvez à tout moment accéder à vos données, les rectifier, demander leur suppression ou la limitation de leur traitement. En cas de question, vous pouvez nous contacter au 02 98 94 62 44 ou sur **contact@palemon.fr.**

- ❒ Je consens à l'utilisation de mes données
- ❒ Je souhaite m'inscrire à la newsletter

GCC07

Retrouvez tous les ouvrages de Gérard Chevalier
et des Éditions du Palémon sur :

www.palemon.fr

ÉDITIONS DU PALÉMON
ZI de Kernevez - Rue Röntgen
29000 QUIMPER
02 98 94 62 44
Dépôt légal 2e trimestre 2022

ISBN : 978-2-372606-45-5

Achevé d'imprimer en mai 2022
sur les presses de CPI Bussière
18200 Saint-Amand-Montrond
Numéro d'impression : 2065416
1er tirage

Imprimé en France